# CONEXÃO
## *COCAÍNA*

Editora Appris Ltda.
1.ª Edição - Copyright© 2023 do autor
Direitos de Edição Reservados à Editora Appris Ltda.

Nenhuma parte desta obra poderá ser utilizada indevidamente, sem estar de acordo com a Lei nº 9.610/98. Se incorreções forem encontradas, serão de exclusiva responsabilidade de seus organizadores. Foi realizado o Depósito Legal na Fundação Biblioteca Nacional, de acordo com as Leis nos 10.994, de 14/12/2004, e 12.192, de 14/01/2010.

Catalogação na Fonte
Elaborado por: Josefina A. S. Guedes
Bibliotecária CRB 9/870

| | |
|---|---|
| P381c<br>2023 | Pelá, Hélio<br>Conexão cocaína / Hélio Pelá. – 1. ed. – Curitiba : Appris, 2023.<br>153 p. ; 23 cm.<br><br>ISBN 978-65-250-5049-2<br><br>1. Ficção brasileira. 2. Ouro. 3. Garimpo. 4. Ambição. I. Título.<br><br>CDD – B869.3 |

Editora e Livraria Appris Ltda.
Av. Manoel Ribas, 2265 – Mercês
Curitiba/PR – CEP: 80810-002
Tel. (41) 3156 - 4731
www.editoraappris.com.br

Printed in Brazil
Impresso no Brasil

Hélio Pelá

# CONEXÃO
## *COCAÍNA*

## FICHA TÉCNICA

| | |
|---|---|
| EDITORIAL | Augusto Coelho |
| | Sara C. de Andrade Coelho |
| COMITÊ EDITORIAL | Marli Caetano |
| | Andréa Barbosa Gouveia (UFPR) |
| | Jacques de Lima Ferreira (UP) |
| | Marilda Aparecida Behrens (PUCPR) |
| | Ana El Achkar (UNIVERSO/RJ) |
| | Conrado Moreira Mendes (PUC-MG) |
| | Eliete Correia dos Santos (UEPB) |
| | Fabiano Santos (UERJ/IESP) |
| | Francinete Fernandes de Sousa (UEPB) |
| | Francisco Carlos Duarte (PUCPR) |
| | Francisco de Assis (Fiam-Faam, SP, Brasil) |
| | Juliana Reichert Assunção Tonelli (UEL) |
| | Maria Aparecida Barbosa (USP) |
| | Maria Helena Zamora (PUC-Rio) |
| | Maria Margarida de Andrade (Umack) |
| | Roque Ismael da Costa Güllich (UFFS) |
| | Toni Reis (UFPR) |
| | Valdomiro de Oliveira (UFPR) |
| | Valério Brusamolin (IFPR) |
| SUPERVISOR DA PRODUÇÃO | Renata Cristina Lopes Miccelli |
| ASSESSORIA EDITORIAL | Nicolas da Silva Alves |
| REVISÃO | Samuel do Prado Donato |
| PRODUÇÃO EDITORIAL | Sabrina Costa da Silva |
| DIAGRAMAÇÃO | Renata Cristina Lopes Miccelli |
| CAPA | Eneo Lage |

*Deus é muito importante, por ser o criador de todas as vidas. Minha mãe foi muito importante, deu-me a vida. Minha obra é também de suma importância, por ser a razão da minha vida. Dedico esta obra a uma pessoa que é tão importante, por ser para mim a essência de minha própria vida;*
*Minha Esposa, Claudete.*

*As circunstâncias do caminho embrutecem seu caráter, transformando-o de gentil homem em incontrolável fera que, na tentativa de realizar seus desígnios, envolvido por ardilosos argumentos, segue por tortuosas trilhas, ofuscado pelas ofertas de grandezas e lucros fáceis e acaba se deparando com tragédias que podem causar-lhe profundas feridas, corromper-lhe a dignidade, induzindo-o a cometer atos abomináveis, a atrair toda adversidade até ceifar do semelhante, sem o menor constrangimento ou sentimento, o seu maior bem, ou seja, a vida, na equivocada construção de um promissor futuro.*

**Hélio Pelá**

*Como pode o homem evoluir, se não possuiu, nem possui incentivos, tampouco meios, ou até vontade política de quem tem a obrigação de levar a todos os semelhantes um mínimo de formação, educação e trabalho?*

*Como podemos cobrar do homem rude, entorpecido pela ignorância, consciência ética, moral, e ecológica, se não lhe foi permitida a educação básica, direito constitucional de todos, se nem sequer lhe foi dado o direito de uma formação de caráter, se só teve em sua trágica existência o convívio com a barbárie e a incompreensão?*

# SUMÁRIO

PRÓLOGO .................................................................. 11

CAPÍTULO 1
A PRISÃO ................................................................. 25

CAPÍTULO 2
O PATRÃO ................................................................. 35

CAPÍTULO 3
O ENCONTRO ............................................................. 50

CAPÍTULO 4
A CONEXÃO .............................................................. 64

CAPÍTULO 5
EVIDÊNCIAS ............................................................. 80

CAPÍTULO 6
CONTRAPROVAS ......................................................... 98

CAPÍTULO 7
SEM DIREITOS .......................................................... 115

CAPÍTULO 8
DANOS E PERDAS ....................................................... 131

NOTA DO AUTOR ........................................................ 152

# PRÓLOGO

**01**

A pista de pouso acabara de ser concluída, tudo na base da enxada e da picareta. Vários garimpeiros acorreram, deixaram suas bateias, todos no intuito de ajudar os companheiros na construção da nova pista de pouso. Sem ela, seria impossível chegar ou sair daquele inferno verde, cercado de perigos, animais selvagens e índios hostis. As trilhas não levavam a lugar algum, e eles estavam precisando de mantimentos e remédios. Muitos deles estavam se debatendo em febre alta, nas camas improvisadas, em barracas de campanhas, impregnados e acometidos de maleita, malária ou febre amarela, ou até apodrecendo de doenças venéreas mal curadas, adquiridas nos vilarejos distantes, nas suas espaçadas idas à civilização, ou até das prostitutas que por vez ou outra apareciam nos acampamentos, trazendo um pouco de alegria, a fim de levar dos incautos aventureiros algumas pepitas de ouro e deixando quase sempre alguma doença.

A pista anterior estava ótima, ficava a pouca distância, era fácil chegar até lá de barco, carregar e voltar. O rio naquele trecho era bastante calmo e tranquilo, não estava poluído de mercúrio, muito bom de navegar, mas os federais chegaram liderando uma pequena tropa de soldados do Exército e explodiram tudo, formando verdadeiras crateras por toda a extensão da velha pista. Daquele novo garimpo, os federais ainda não tinham conhecimento, não haviam descoberto ou, pela dificuldade de acesso, deixaram para atacá-lo em outra ocasião.

Quando já batiam com as costas das pás, no intuito de alisar o solo da nova pista, quebrando os terrões, aplainando da melhor forma possível aquele solo pedregoso, o pequeno aeroplano já se fazia ouvir, e sobrevoava a enorme clareira devastada, no meio da floresta amazônica, nos confins do Pará. Era a demonstração de uma clara agressão ao meio ambiente, grandes árvores centenárias eram cortadas e jogadas às bordas da clareira, apodrecendo, ou sendo feitas em pedaços para servir de lenha, somente para facilitar o trabalho de invasores, na insana busca do ouro, que agiam como insetos predadores, chegando e devastando tudo, deixando à mostra uma região agredida, agonizante, que sabidamente jamais iria se recuperar.

O pequeno e antigo avião, um 706, antigo, mas ainda em boas condições, um modelo de avião que tem como característica o fato de possuir o seu equipamento de pouso fixo, não por isso era carinhosamente denominado de trem fixo, bastante reforçado, para servir exatamente para aquela finalidade: aterrizar em pistas ruins, aeroportos clandestinos, enfim um pequeno trator que voa.

Todos garimpeiros se colocaram ao lado da pista improvisada, acenando com suas camisas ou panos coloridos, a fim de favorecer a visão do piloto em sua tarefa, que mais parecia uma prova deliberada de real perigo. J.L. olhou mais uma vez pela janela, visualizando o campo abaixo, enquanto aprimorava nos procedimentos de aterrissagem, buscando o melhor ângulo e um ponto que facilitasse o movimento de descida. Sentiu um frio no estômago, um estremecimento por todo corpo, pensou: Meu Deus! onde fui me meter? Porém, agora não dá mais para retroceder, ou vai ou racha. Acertou o manche e iniciou a aventura céu abaixo. As rodas do trem fixo bateram no solo, fazendo um barulho oco, como uma enorme pedra que cai e fica inerte, mas o pequeno avião deslizou, sendo totalmente encoberto pela poeira. Parecia estar entrando em uma espessa nuvem, J.L. não conseguia enxergar nada à sua frente, a não ser aquela terra vermelha que colava seus minúsculos grãos na carenagem e nos vidros, deixando tudo impregnado de terra, atrapalhando ainda mais a acidentada aterrissagem naquela pista cheia de empecilhos, que os garimpeiros, sem ferramentas adequadas, acabaram por não conseguir concluir num trabalho mais aprimorado. Conseguiu brecar e fazer o avião parar quando, já na saída, no final da pista, bateu em um tronco de árvore e parou atravessado, parte dentro da pista e a traseira do lado de fora.

Abriu a porta da aeronave se apalpando para ver se não havia quebrado nada, balançou o chapéu dentro da cabine para espantar a poeira. Quando descia, todos correram ao seu encontro, aproximando-se do pequeno e resistente trem fixo.

— E aí, cabeludo? bela aterrissagem, hem! que tal, gostou da pista? caprichada, tá não?

— Caramba, Ceará!..., como você tem coragem de chamar isso de pista, parece mais estrada de fazenda, isso aí só presta pra carroça, que pista de pouso? chacoalhei tanto que acho que misturou tripa com coração, estômago e tudo que tem dentro da barriga. Achei mesmo que tinha caído num liquidificador de tanto que balancei.

— É!..., mas vale a pena, o que trouxe aí pra nós?

— Mantimentos, cigarros, bebidas, remédios, alguma munição, uma bagulhada, tá pesado pra cachorro. Por que vieram se enfiar nesse buraco do fim do mundo, não foi nada fácil achar vocês.

— O Pedro Pinho achou um filão ali no rio, que passamos a chamar de rio do Bugre. Como os federais, juntamente com o exército, escorraçaram a gente lá do outro garimpo, chegaram atirando, jogando bombas, explodiram a pista de pouso, arrebentaram as máquinas de drenagem, queimaram as barracas e os ranchos, aí resolvemos vir para cá, estamos recomeçando tudo de novo.

É!..., o governo não dá chance mesmo! Querem acabar com tudo, não podem ver ninguém ganhando um dinheirinho, pouco importa a ele o tamanho do sacrifício que é feito. Muitos dão a vida por isso e ele manda os macacos acabar com tudo.

Neste momento, enquanto J.L. desembarcava do avião, alguns poucos índios surgiam entre a vegetação, um deles mais corajoso se aproximou, deixando todos de sobreaviso. Pedro Pinho gritou do lado de trás do aparelho: "Tem bugre chegando por aí".

— Tudo bem! deixem ele chegar, não atire nele não...

O pobre silvícola se mostrava tão assustado quanto todos ali presentes, vinha alisando o abdômen dizendo em sua língua nativa "broqué! broqué".

— Sabe o que ele está falando, Ceará?

— Broqué!... na língua deles quer dizer com fome, ou comida, ele quer comida.

— E vocês, vão fornecer?

— Não!... se dermos alguma coisa eles não saem mais daqui, a toda hora teremos alguns deles nos perturbando o sossego, vamos precisar que nos traga alguns rifles de caça, agora que nos descobriram aqui, vão querer nos perturbar.

— Para mim não tem problema, mas!... me diga, eles não sabiam deste garimpo?

— Não!... só souberam agora por causa do avião, viram você fazer a manobra de aterrissagem.

— E agora?

— Bem!... agora temos que esperar e ver qual a reação desse povo. Enquanto dizia isso, ouvem-se dois tiros, seguidos de um grito rouco, todos se voltaram em direção ao índio, que levou as mãos ao peito, e foi caminhando para traz, em passos trôpegos, até cair com os costados no chão, todo ensanguentado.

Ficaram por alguns segundos com o olhar fixo vendo o sangue do inocente selvagem rolar até o chão, tingir de vermelho o solo que sempre foi dele. Ainda perplexo, voltou-se para o frio assassino e perguntou. Por que fez isso, João?

Ceará completou: agora vamos ter toda nação Ianomâni caindo pra cima de nós.

— Vai, não!... agora eles somem, respondeu maliciosamente o imprudente matador.

Enquanto os companheiros ainda bestificados arrastavam o corpo do índio baleado, abatido como um animal selvagem ou uma coisa qualquer sem valor, Ceará dirigiu-se ao piloto, É!..., agora mais do que nunca iremos mesmo precisar de armas.

— Tudo bem, descarreguem o aparelho, vamos acertar nossas contas e relacionar o que irão precisar. Só que terão que dar uma melhorada nesta pista, senão fica difícil pousar, isso aí tá que nem costela de vaca.

— Deixa conosco, J.L., na próxima vez que vier, isto aí vai estar melhor que o aeroporto internacional de Manaus, vamos deixar uma beleza.

— Não precisa tanto, se melhorar demais o trem fixo estranha e não vai querer pousar.

## 02

Três dias passados, J.L. aterriza em Ponta Porã, divisa do Mato Grosso do Sul com o Paraguai, taxiou seu pequeno 607, estacionou-o ao lado de um Cessna prateado, tão bonito que despertou sua atenção. Estava abastecendo um velho modelo Americano, tão deslumbrante que resolveu olhar melhor. Contornou o aparelho a fim de admirá-lo mais de perto, quando de repente dá de frente com o velho amigo e piloto Wallace.

— Oras, Oras, Oras!..., quem eu vejo por essas bandas! É sua essa beleza, meu amigo?

— E aí? se não é o velho J.L., quanto tempo, não!... Mas, isso aí não é meu não, é do Turco, um conhecido meu que mora aqui na cidade. Só fui buscar para ele em São Paulo, estava reformando. E você, continua no garimpo?

— É!..., ainda, mas estou a fim de parar, talvez esta seja a última viagem, só vou levar algumas armas num acampamento novo lá no fim do Pará, e depois mudo de ramo. Os Federais não dão folga pra gente, onde abre um novo garimpo, aparece um bando deles com o exército para estragar tudo.

— E pretende fazer o quê?

— Meu irmão está com um esquema muito bom aí no Paraguai, o cara é um chefão do tráfico, cada dia fica mais rico, está comprando tudo em Pedro Juan Caballero.

— É!..., esse negócio dá muita grana, mas o risco também é muito maior.

— Sem dúvida, mas é o único risco, pegar uma cadeia longa, mas com jeitinho, molhando a mão de um ou outro, a gente sai numa boa. No garimpo o risco é levar uma bala, se encher de maleita, febre amarela ou morrer de acidente, que acha?

— Eu vou dar um tempo, perdi meu avião na última viagem que fiz até a Serra Pelada. Estou terminando um tratamento de maleita, já peguei umas três ou quatro. Agora chega.

— Como perdeu seu aparelho?

— Tive uma crise aguda de febre e comecei a me debater quando ainda estava no alto. Nem sei dizer qual seria minha altitude naquela hora, só sei que chacoalhava mais que um Toyota velho, suava por todos os poros, fazia um esforço sobre-humano para não perder os sentidos. Estava levando algumas garotas, prostitutas, levava-as para o acampamento, e algumas mercadorias. Perdi o controle do aparelho e caí na floresta, nas imediações do garimpo. Eu fui arremessado para fora do avião e ele explodiu, me salvei por milagre, mas as meninas que estavam comigo morreram todas carbonizadas.

— Quem te socorreu?

— Um camarada meu, de Campo Grande, tem um helicóptero, conseguiu me trazer de volta com vida. Agora vou descansar um pouco e em seguida pretendo fazer uma viagem pela Europa, aliviar bem a cabeça, depois voltar aqui para Ponta Porã. Vou me casar e dar uma sossegada na vida.

— Não quer fazer só mais uma?

— Não!... chega, vou indo, até outro dia.

— Falou!... até outro dia.

— Mas!... espera, se eu lhe arrumar um avião e pagar uma grana substancial, não será capaz de fazer esta última viagem comigo?

— Ô, cara você é grudento, hem? Parece papel de bala, mas diz aí, quanto ganho com isso, e que avião tem para eu pilotar?

— Um Baron, lindo de morrer, bem equipado, e quanto ao frete, nós rachamos, vou cobrar uns dois ou três quilos de ouro.

— Caramba!... e os caras têm como pagar tudo isso?

— É um acampamento novo, os garimpeiros precisam de tudo, é bem escondido, só eu tenho as coordenadas.

— E a pista de pouso?

— Você vai gostar, é um pouco curta, mas o espaço é suficiente para pouso e decolagem.

— O que estarei levando?

— Armamentos, munições, dinamite, mercúrio pesado, algumas ferramentas. O Baron é um avião um pouco mais lento quando carregado, mas em compensação carrega mais peso, e tem mais espaço, vou mandar tirar os bancos para passageiros e teremos espaço para muita mercadoria.

— Quando partimos?

— Legal, você não irá se arrepender. Preciso de dois dias para acabar de ajeitar tudo, sairemos na quinta-feira pela manhã. Está de acordo?

— Por mim, tudo em ordem, te encontro aqui no aeroporto às sete horas, ou quer sair mais cedo?

— Não! Sete horas está bem.

## 03

J.L. se adiantara no espaço, seu avião era um pouco mais rápido, como houvera dito antes. Além disso estava mais leve, porém mantinham contato pelo rádio.

Cortavam o céu azul-celeste silenciosamente, só o ronco do motor era ouvido. De vez em quando a turbulência quebrava a monotonia do voo, quando cruzavam alguma nuvem mais espessa, ou um vento mais forte forçava a carenagem, movimentando os flapes. Wallace quebrou o silêncio, quando acionou o rádio, perguntando:

— Ô cara! você disse que ficava no Pará o tal garimpo, mas penso que estamos já sobrevoando a floresta no Amazonas.

— Ainda não, estamos sobrevoando uma região próxima, entre Pará, Amazonas e Roraima, mais ou menos no fim do mundo, mas se olhar à esquerda, já irá notar uma grande clareira no meio da floresta. Aliás, dá um tempo que vou começar a aterrissagem, em dois minutos.

J.L. aprimorou-se nos procedimentos para pousar o avião, olhou atentamente a imensa área devastada pelos garimpeiros. Não conseguia vislumbrar viva alma ao redor da pista, o que não devia ser normal. Arremeteu, fez mais um contorno, alinhou novamente o aparelho para o pouso, continuou achando tudo muito estranho. O normal seria todos correrem para a pista, a fim de recebê-lo. Procurou com os olhos atentos, virando a cabeça de um lado para outro e nada, ninguém ao alcance dos olhos. Ficou ainda mais indignado, aumentando a sua preocupação, mas!..., Já iniciara o movimento de descida, continuou com a aterrissagem. Foi manobrando o manche de forma convencional, de leve, com a atenção redobrada sobre a rudimentar pista de pouso, sem deixar, contudo, vez ou outra enquanto descia, de olhar para os lados de forma hesitante, mesmo faltando alguns metros para tocar o chão árido do improvisado campo de pouso. Sobressaltou-se quando ouviu estranhos gritos, como grunhidos ou urros, parecidos com os de feras, seguidos de sons de tambores. Virou o pescoço um pouco mais para a traseira, e foi um movimento de sorte. Esse pequeno lance evitou que tivesse o rosto varado por uma flecha envenenada. Mais embaixo, diversos selvagens nus, com seus corpos todos pintados para a guerra. Vinham em desabalada carreira, atirando lanças e flechas sobre ele, conseguindo algumas acertar a carenagem do pequeno aparelho. Uma lança penetrou a Cabine mais uma vez, esquivou-se a tempo, mas sem, todavia, deixar de sentir um susto enorme. Com o solavanco e o movimento brusco ao desviar-se da lança, bateu com muita força a cabeça no encosto traseiro do assento do avião. Sentiu-se envolvido por um desespero momentâneo, descuidou-se do manche, o aparelho bateu fortemente o trem de pouso em uma pedra, o que o fez empinar o rabo do aparelho. Com isso arrebentou-se todo o mecanismo do trem de pouso, passando a arrastar-se de barriga pelo solo da pista, levantando poeira acima das árvores. Tocou de raspão em uma outra pedra que o forçou a deixar o leito original, indo em direção à mata, fechada, entrando violentamente por entre ela, embalado pelo peso que carregava. Foi deixando pedaços da fuselagem pelo chão, arrancando os galhos a sua frente. Os selvagens, enfurecidos, mantinham a perseguição de forma alucinada, gritando e atirando com suas rústicas armas, quando estacaram ante o enorme estouro feito pelo avião ao bater de frente em um grosso e forte tronco de árvore. voaram para o alto pedaços de lataria e lascas de galhos e folhas além de um espesso canudo de fumaça lançado pelo motor, uma visão catastrófica. Mais atônitos ainda ficaram ao ouvir o estouro ensurdecedor de uma banana de dinamite, que Wallace atirara do alto, enquanto aterrizava. Antes tinha colocado o explosivo de forma que pudesse alcançá-lo com as mãos, sem se descuidar do pouso. Aqueles titubeantes selvagens afastaram-se rapidamente, num misto de espanto e medo, facilitando a Wallace um pouso mais seguro, entre a poeira e os solavancos causados pela precariedade da pista. Wallace conseguiu fazê-lo parar já bem no final da pista, desceu imediatamente, batendo a poeira que lhe incomodava a vista e congestionava suas fossas nasais. Abriu a porta traseira, demonstrando tranquilidade, apanhou um rifle e munições, e quando virou, deu de frente com o homem chamado Ceará, juntamente com mais dois garimpeiros, que para lá correram juntos, com o intuito de ajudá-lo e se armarem com o que o Piloto houvera trazido.

— Chegou em muito boa hora, meu amigo, eu sou o Ceará. Você foi esperto, a dinamite nos salvou.

— Ô cara, o que está acontecendo por aqui, que loucura. Vamos ver como está o J.L. Pelo que vejo não deve estar nada bem, só espero não ter acontecido o pior.

Deixaram lá dois garimpeiros descarregando a mercadoria do avião, e foram socorrer o J.L. com receio de que a aeronave se incendiasse e viesse a explodir, pois estava derramando óleo e gasolina por todo lado.

Conseguiram abrir a porta da cabine depois de intenso esforço, J.L. estava desacordado, com grande quantidade de sangue escorrendo da cabeça. Notava-se um profundo corte na testa, escoriações por todo rosto, e as pernas e parte do corpo presas entre os destroços. Com algumas ferramentas improvisadas, conseguiram tirá-lo daquela incomoda posição, continuava desacordado Ceará sugeriu que o levassem para dentro da pequena cabana e o pusesse sobre a cama. Mas Wallace preferia já levá-lo para dentro do avião e sumir daquele inferno, procurar o mais rápido possível socorro para seu amigo. Não houve tempo, ouviu-se um novo alarido, não muito distante: eram novamente os selvagens que, refeitos do susto, voltavam à carga, com a nítida intenção de acabarem com os invasores de seus territórios. Wallace, com a ajuda do Ceará, colocou o corpo do J.L. que recuperava os sentidos entre algumas árvores e toras de madeira que os protegia, perguntou:

— Pode me dizer o porquê dessa desavença toda? No mínimo, vocês fizeram alguma coisa muito ruim, para deixá-los tão nervosos a ponto de enfrentarem até bombas para pegá-los.

— A verdade é que João do Pinho, aquele moreno com dente de ouro, saiu para caçar algum animal para comermos. Deparou com uma índia jovem, colhendo alguma erva no mato, não perdeu tempo: foi para cima dela e a estuprou. Isso diante das outras mulheres da tribo. Não temos certeza, mas a impressão que se tem é que acabou matando a pobre moça, e tudo indica que deva ser filha ou mulher do cacique ou do pajé, e isso é muito grave.

— E o que se pode fazer quanto a isso?

— Eles só se acalmarão quando puserem a mão em cima do João do Pinho, vivo ou morto. Se o pegarem vivo será bem melhor para eles.

— Não entendi.

— É que, se o pegarem vivo, entregam-no para as mulheres da tribo, elas vão torturá-lo até a morte, em seguida cobrem de barro o corpo todo, cozinham-no em uma fogueira e depois a tribo toda come seus pedaços, deixando só os ossos do sujeito.

— São canibais?

— Nesse caso praticam o canibalismo, num ritual religioso que dura em média três dias. Isso nos daria tempo de fugir deste inferno.

— Está sugerindo que entreguemos o homem ao sacrifício!

Foi quando J.L., já recuperado em seus sentidos, respondeu pelo Ceará, com uma voz ainda entorpecida rouca:

— Não foi o filho da mãe que começou esta desgraceira toda? Vamos dar um jeito, sim, de entregá-lo aos índios, o Ceará tem razão. Nesse instante ouviram-se novos tiros e um grito de agonia e pavor que ecoou por toda a floresta: o garimpeiro que ajudava João do Pinho levou uma flechada na altura do peito. Todos se viraram automaticamente para o local, e puderam ver o corpo do homem ser varado por mais uma flecha, que lhe atravessou o pescoço e uma lança penetrar-lhe as costas como um bólido, fazendo-o cair de joelhos sobre o solo devastado. Solo que, outrora coberto de árvores, agora embalava um corpo sem vida numa vingança silenciosa, e como sacrifício recebia aquele sangue que jorrava dos ferimentos e imediatamente eram absorvidos pela terra seca.

João do Pinho conseguiu a duras penas, atirando para todos os lados, chegar até onde estavam os companheiros. Saltou incontinente atrás de uma tora de árvore, posicionando-se para defesa, quando J.L. voltou a perguntar:

— Onde estão os outros homens? Vocês estavam em mais de quarenta garimpeiros.

— É, os que não estão com seus corpos apodrecendo nos buracos das minas, cavadas por eles nos seus locais de garimpo, mortos por flechadas desses selvagens, juntaram os poucos barcos que tínhamos e fugiram rio abaixo. Não tenho como precisar quantos fugiram ou quantos morreram espalhados por aí. Só ficamos em cinco a princípio, agora dois, eu e o João do Pinho.

— Este mal teve tempo de ouvir o final do seu nome ser pronunciado, Ceará aproveitou uma distração do companheiro enquanto falava, apanhou uma ferramenta das que tinha usado para desprender a fuselagem amassada do avião que prensava o corpo do J.L., e desceu-a com toda força sobre a cabeça do garimpeiro estuprador, deixando-o desacordado.

— O que está fazendo? perguntou Wallace espantado.

— Salvando nossas vidas, vou entregá-lo aos índios, me ajuda?

— Pegou algumas cordas nos destroços do avião, amarrou-lhe os braços e as pernas, e os dois levaram-no até o centro da clareira, perto do avião e do corpo do outro garimpeiro, que havia tombado, varado de flechas. Depositaram-no ao chão, silenciosamente, como num ritual macabro. Quando começaram a se afastar, aqueles olhinhos curiosos, camuflados entre a folhagem, passaram a acompanhar toda a movimentação, na expectativa de entenderem o que ocorria. Nesse momento um deles ergueu a lança e emitiu um grito de júbilo, todos correram em busca do corpo do inimigo, gritando seu canto de vitória, gritos ensurdecedores espalhados pelos ares, enquanto Wallace e Ceará retornaram rapidamente para a proteção de seus esconderijos, com todos os sentidos ligados para evitar qualquer surpresa ou emboscada, por parte dos guerreiros inimigos.

João do Pinho se debatia desesperado assim que começou a recobrar os sentidos e percebeu qual foi a intenções do ex-companheiro de infortúnios e trabalho: entregá-lo ao sacrifício. Emitia berros e urros a todo pulmão, sabia muito bem o que lhe reservara o destino, olhava em direção do antigo companheiro, com os olhos esbugalhados, numa demonstração clara e efetiva de seu estado de horror e medo. Assim desapareceu no meio da floresta, onde só se ouvia o som dos gritos de pavor e dos cânticos pagãos dos espíritos da mata. Os três sobreviventes ficaram ali, inertes, silenciosos, pensativos, como se orassem em agradecimento. Só Deus poderia saber o que se passava dentro daquelas cabeças naquele momento. Aguardavam por alguma reação, durante vários minutos que se assemelhavam a uma eternidade. Não se ouvia nenhum barulho, só as águas correntes do rio próximo quebravam a monotonia com o som agradável do atrito nas pedras das margens. Despertaram daquela espécie de coma, quando J.L. gemeu de dor ao tentar virar-se naquele chão duro, e a dor se fez aguda.

— Creio que agora nos deixarão em paz, falou enfaticamente o garimpeiro.

— Então vamos levar o J.L. para o avião e sair daqui o mais rápido possível, ele necessita de cuidados médicos urgentes.

— Só me dá um tempo de juntar o meu ouro e o do resto dos companheiros, inclusive o do João do Pinho. Agora não vão mais precisar dele, será todo nosso.

Enquanto Ceará, corria em direção à cabana em busca dos despojos dos antigos companheiros, Wallace e J.L. trocaram alguns olhares ardilosos. J.L. abanou a cabeça, como se concordasse com alguma coisa num código incompreensível, e num gemido pediu que Wallace o ajudasse a sentar-se, aquela posição estava incômoda.

— Me ajude a encostar-me no aparelho, não consigo mais respirar direito, estou sufocando nesta posição.

— Deixe-me tirar esta arma em sua cintura, isto pode estar lhe atrapalhando.

— Não! Deixe-a comigo, ajude o Ceará a colocar o ouro no avião, termine de descarregar o Baron das coisas que trouxemos. Vamos colocar dentro do trem fixo o que couber, o restante colocamos na cabana, pegue a dinamite e exploda tudo.

— Vai ser um desperdício, sem dúvidas. Cabe você deitado atrás? O Ceará viaja comigo na frente, e podemos levar pelo menos as armas de volta.

— Não! Não podemos correr riscos. Assim que retornarmos, a polícia vai querer investigar o meu acidente, não quero que encontrem armas ou qualquer coisa que comprometa. Além do que temos de aliviar o peso do avião, senão teremos dificuldade de alçar voo, a pista não é tão longa. Vamos queimar tudo.

Imbuídos deste propósito, e sem mais sentir a ameaça de novos ataques por parte dos índios, iniciaram a operação-retirada. Desceram tudo de dentro do aeroplano, o que coube no que restou do 706 foi enfiado de qualquer jeito. No restante dentro da pequena cabana. Derramaram um pouco de gasolina em seu interior e sobre as mercadorias que se encontravam lá espalhadas. Improvisaram uma maca, levaram J.L. até o Baron. Foi seu desejo que o colocassem sentado no banco do co-piloto, dizia se sentir mais confortável do que deitado na parte de traz do avião. Wallace tomou lugar na Cabine, na posição de piloto, e o Ceará, a mando de J.L., voltou correndo até o local do acampamento, ateou fogo na cabana, e jogou uma tocha incandescente sobre o trem fixo, formando uma labareda que rapidamente se expandiu, graças à grande quantidade de combustível espalhada por todos os lados. Seguiu-se quase que imediatamente um grande estrondo, que arremessou para o alto estilhaços de carenagem, lascas de madeira e propiciou ao fogo que consumisse mais rapidamente o que restava do que havia sido, até poucas horas, um acampamento de garimpeiros. Ceará ainda permaneceu por alguns minutos admirando, quieto de longe, desaparecer nas chamas o trabalho de muitos meses e lamentando o sacrifício de vários companheiros, que morreram para erguer aquele sonho que, em pouco tempo, numa alquimia ao contrário, virou pesadelo e o fogo transformou em cinzas. Ceará olhou de soslaio para trás, em direção aos dois outros companheiros, voltou novamente a admirar os destroços. J.L. de dentro do avião, já acomodado, olhava aquilo com uma expressão vaga, olhar distante. Uma lágrima solitária teimou em rolar em sua face. Procurou disfarçar, não queria demonstrar fraquezas, limpou o rosto e desceu o braço direito em direção à cintura, procurando alcançar o revólver trinta e oito, de cabo negro, instalado entre o coz da calça e o cinto. Empunhou-o com firmeza, sacou do coldre e apoiou-o por sobre o colo e esperou, Wallace, sem entender o que se passava, qual o motivo daquilo que via, ficou espreitando os movimentos pausados daquela operação.

Quando o Ceará se aproximava, já a curta distância, vinha em passos lentos, calculados. Premeditadamente J.L. levantou a arma através da porta semi-aberta da cabine, mirou em direção ao peito do atônito garimpeiro, puxou o gatilho por três vezes seguidas.

Ceará olhou para o amigo, olhou no peito titubeante, não conseguia articular nenhuma palavra. Incrédulo foi caindo, levou a mão sobre as feridas, que sangravam abundantemente; hesitante ergueu uma das mãos espalmadas, para o alto, como se prostrasse para uma última e muda oração. Tentou um último grito, mas caiu de joelhos pesadamente, naquele chão que com tanto esforço ajudara a desbastar. Ainda deu um último olhar para os lados, talvez se penitenciando do admirável estrago que causaram àquela vasta região, aceitando o castigo do crime cometido contra a natureza. Novamente olhou, já sem muita firmeza, pois sua vida esvaía, para seu velho amigo e fornecedor, agora seu algoz, tudo pelo metal amarelo que estimula a ganância e leva o homem a cometer loucuras. Abriu no rosto um sorriso triste, melancólico, moribundo, lágrimas surgiram indolentes rolando pela face rude, banhando aquela pele desfigurada e sofrida pelo sol inclemente. Foi caindo languidamente, batendo o rosto na poeira que ergueu do solo árido, que jamais iria se recuperar. Enfrentou tantas adversidades, perigos, doenças; passou fome, privações; enfrentou tudo com muita coragem e sobreviveu, para, no fim, morrer covardemente pelas mãos de um suposto amigo.

Capítulo 1

# A PRISÃO

*Quando caímos em desgraça, ficamos entre a degradação e o aprimoramento. Entre a vida e a morte. É a mais dura lição da vida.*

*Após deixarmos a prisão só o destino nos guia.*

Enquanto Wallace sobrevoava o aeroporto de Franca, preparando-se para pousar, já tendo ao alcance dos olhos a pista de pouso e, iniciando os procedimentos de aterrissarem, baixou o trem de pouso e pediu autorização à torre. O sol se fazia soberano em sua luminosidade inclemente, feria-lhe os olhos com seus raios flamejantes. Aguardava autorização do comando do aeroporto, sentia urgência de aterrissar, quando reascenderam em sua memória as lembranças do diálogo que travara com o Turco naquela tarde de Quinta-feira, mês de agosto de 1993. Jamais iria esquecer, quando retornara de Campo Grande, onde fora revalidar seus documentos de piloto, já algum tempo vencidos. Para essa viagem pediu emprestado o avião de seu amigo Turco.

— Wallace! preciso que você leve uma mercadoria para mim até o interior de São Paulo.

— Onde?

— Franca.

— Franca?

— É.

— Você está completamente louco, cara! Lá é extremamente sujo para este tipo de negócio, e você sabe bem disto.

Wallace sabia também que tipo de mercadoria ele teria que transportar, era evidente. As atividades do Turco eram amplamente conhecidas, sua família já mexia com essas atividades ilícitas havia muitos anos. Tornaram-se poderosos na fronteira graças ao tráfico de drogas, muitos grupos mafiosos tentaram entrar no fechado cartel, por eles montado naquela região fronteiriça, entre Brasil e Paraguai: as máfias chinesa, italiana e japonesa. Mas sem sucesso: todos eram imediatamente rechaçados. Tornaram-se conhecidas inúmeras batalhas entre grupos rivais pelo domínio do tráfico, mas eles eram os donos do pedaço, tinham nas mãos, comprados a soldos, políticos, polícia e funcionários do governo dos dois lados da fronteira. Só participavam do fechado clube quem eles permitiam ou com quem tinham relacionamento de negócios. Não viviam, porém, em plena harmonia com outros grupos já existentes. Desde os românticos tempos do contrabando do café, quando este produto brasileiro era avaliado a peso de ouro, e enriquecera muita gente que nunca soube o que era produzir o ouro negro da época, mantinham um exclusivo corporativismo.

— Não se preocupe, primo, fica frio, já está tudo no esquema, você só vai pilotar o avião. Meu pessoal já estará esperando, com tudo acertado. Seu problema vai ser levar a mercadoria, e o Joacir estará com você carregando a mala com o bagulho dentro. Certo?

E tem mais, vou te pagar bem por este trabalho, não vai ser só para cobrar o favor que me deve.

— É, maldita hora em que fui pedir seu avião emprestado para ir a Campo Grande revalidar meus documentos.

Tudo bem, Turco. Vamos lá! Qual é o negócio?

— Bem!... São trinta quilos de pó, cocaína de primeira qualidade, mercadoria realmente muito boa. Meu capataz vai com você levando a mala com o produto. Lá no Aeroporto de Franca, meu pessoal estará esperando. Ele entrega, recebe, você reabastece o avião e volta. Simples! não acha?

— Okay! vamos até lá, só que eu quero U$ 5.000,00 pelo trabalho. Quero que você coloque em duas malas, quinze quilos em cada uma. Metade da grana eu quero agora, o restante quando eu voltar, e diz aí quando partimos?

— Tudo bem! A mercadoria está na minha fazenda. Amanhã almoçamos, te apanho às duas horas, seguimos até o local, embarcamos e de lá mesmo você vai embora.

Quando Wallace regulou os flapes, baixou o bico do avião em direção à pista, com o pensamento ainda distante, olhando para a extensão do asfalto árido que se abria a sua frente. Com o olhar negligente, via aquelas miragens de vapor transparentes. Pareciam espíritos que se desprendiam do solo, bailando em busca do céu, causados pelo calor dos raios solares no asfalto quente. Ainda se lembrou do momento em que chegou à fazenda do Turco e apareceu o capataz, trazendo a mala pesada, deixando-o até penso do lado em que ela estava. Era necessário usar das duas mãos para carregá-la. Imediatamente, fez com que ele voltasse e colocasse a mercadoria em duas malas, como havia orientado anteriormente: quinze quilos em cada uma.

Neste instante a roda do avião tocou o solo árido, negro do asfalto, causando aquele ruído característico de borracha raspando o chão, trazendo-o novamente à realidade. Ao manobrar a aeronave, no taxiar o aparelho defronte ao setor de desembarque, era possível de dentro do pequeno aeroplano vislumbrar todo o interior. Notou pessoas estranhas e também estranhos movimentos, logo pensou:

— Não é possível que este pessoal não tenha notado a presença dos policiais federais bem debaixo de seus narizes! Espero que esses tiras estejam no esquema do Turco. É inadmissível que sua gente seja tão inocente a ponto de notar e não nos comunicar, e ainda permanecer no local.

Parou o aparelho, pediu ao capataz que desembarcasse com as malas, conduziu o pequeno avião até perto da bomba de gasolina para reabastecer e sentir o movimento. Porém, ao aproximar-se da bomba, a torre solicitou-lhe que se afastasse, visto que outro aparelho já estava pronto para abastecer. Não desconfiou da manobra, este era um procedimento normal, seria somente alguns minutos. Sem perceber que era um falso motivo para afastá-lo da bomba, pois se houvesse algum tipo de resistência armada com troca de tiros, não afetaria os equipamentos e se evitaria uma possível explosão, desprevenidamente Wallace retornou ao local de estacionamento. Parou, desceu e atravessou o espaço entre o avião e a recepção do aeroporto. Ao aproximar-se do balcão, foi violentamente abordado pelos policiais federais: empurraram-no de encontro à parede e aos gritos ameaçavam atirar. Forçaram-no abrir as pernas para ser revistado, puxaram seus braços para trás e foram prendendo seus punhos com as algemas, em uma cena grotesca, quase bizarra. Gritavam destemperadamente.

— A casa caiu, meu chapa, bota as mãos para trás numa boa, qualquer reação vai levar chumbo.

Naquele momento tantas coisas passavam por suas nebulosas lembranças, como num filme de eternos segundos: seu recente casamento, os anos todos que passara nos garimpos, transportando mercadorias e garimpeiros, pousando em pistas precárias, construídas artesanalmente, ou arremessando caixas onde não podia pousar, correndo riscos de inúmeras doenças tropicais, como maleita, malária e febre amarela, tempestades violentas que duravam muitas horas, às vezes dias, a própria floresta onde, se houvesse algum acidente, jamais sobreviveria, pois havia os índios hostis e os animais selvagens. Também os pequenos aviões como os que costumava pilotar não resistiriam à queda, só com muita sorte ou proteção divina.

Wallace, no auge de seus quarenta anos, um metro e oitenta e cinco, moreno, a pele curtida pelo sol e pela vivência nos garimpos, agora ali, acossado, humilhado, o que fazer? Foi quando lhe veio a única ideia: jogou-se ao chão em copioso e falso choro, aparentando histerismo, gritando a plenos pulmões, numa perfeita encenação. Parecia um ator dramático se apresentando em um palco, cujo cenário já lhe era muito familiar.

— Por favor, senhores, eu não tenho nada com isso, sou apenas um piloto fazendo meu trabalho. Não estou sabendo de nada, eu tenho família, vivo da minha profissão, perguntem a eles! Irão confirmar, sou inocente. Por favor!

Foram todos levados à Delegacia da cidade de Franca para ser lavrado o flagrante, porém foram logo encaminhados à cidade de Ribeirão Preto, visto que Franca não possuía Delegacia Federal.

Chegaram a Ribeirão Preto já ao cair da noite, atirados em uma cela pequena, úmida, que chamavam de corró. Estavam em número de quatro elementos, e deveriam esperar para serem entrevistados pelo Delegado. Por sorte ele estava ausente, em outra diligencia; puderam assim, combinar o que seria dito no interrogatório a que provavelmente seriam submetidos.

Passaram a noite naquela cela apertada, sem nenhum conforto, sem camas. Arrumaram alguns colchonetes, outros dormiram no chão mesmo, enfim passaram assim aquela primeira noite.

Tiveram muita sorte por não terem sido torturados a fim de dar novas informações. Só não lhes foi permitido usar o telefone para comunicar a família ou chamar algum advogado. Mas! numa ocorrência como essa, a imprensa logo fica sabendo e divulga os fatos com muito alarde. Imediatamente ao ocorrido, o Turco tomou conhecimento, mandando uma advogada, sua conhecida, acompanhar o caso.

Assim que a advogada apareceu na delegacia, naquela manhã quente e abafada, não inspirou grande confiança, por ser ainda nova, aparência de garotinha. Apesar de seus vinte e sete anos e seis anos de profissão, foi logo se impondo. Chamou-os em uma sala privada e os orientou no que deveria ser dito, e o que deveria ser feito, para facilitar a defesa na busca de inocentá-los.

— Joacir, você vai segurar a bronca, assumir tudo, vamos tirar o Wallace desta. Aliás foi ótima aquela cena no aeroporto, vai ser usada na defesa.

Bem! Joacir, você vai ser réu confesso. Vai dizer ao delegado e ao Juiz que a mercadoria é toda sua, que comprou na fronteira com o Paraguai, de um boliviano que não conhece, só o conheceu no hotel. Contratou os serviços de taxi aéreo com o Sr. Wallace, sem, contudo, dizer a ele o que transportava. Como primário você pega uma pena mínima e o Turco mantém você e sua família o tempo que for preciso e no que eles necessitarem. Certo?

Tudo ocorreu como foi combinado e falado. Entre a abertura do inquérito policial e o momento de serem ouvidos pelo Juiz, transcorreram exatamente cento e trinta dias, trancados em uma delegacia sem terem recebido visitas de ninguém a não ser da advogada. Esta se mostrava sempre muito interessada, confortando-os com palavras de estímulo, sem, entretanto, despertar muito entusiasmo, pois naquela altura dos acontecimentos seu casamento já teria ido água abaixo. Sua jovem esposa já o havia prevenido: no primeiro deslize estaria tudo acabado, tinha amplo conhecimento do espírito aventureiro do marido. E a perspectiva de sair da cadeia só se realizaria na sentença na sentença, ou melhor, quando o juiz fizesse o julgamento, e isso só Deus sabia quando iria acontecer.

Quando menos se espera, estando eles ali, na expectativa dos tramites jurídicos, certa noite alguns elementos soltaram ou atiraram bombas na direção da Delegacia onde estavam trancafiados. Causaram o maior rebuliço entre policiais e carcereiros, numa correria para todo lado, com gritos, tiros, sem saber para onde ir ou vir. Os presos todo tensos aguardavam alguma informação, e qual não foi a surpresa, quando no dia seguinte todos foram algemados e encaminhados dentro de um camburão para o complexo Penitenciário do Carandiru, na Capital de São Paulo. A única informação anunciada foi que poderiam ser os Chefões dos cartéis colombianos tentando libertar os traficantes, demonstrando total e deliberado desconhecimento da realidade.

O que restou foi seguir em frente e encarar mais uma barra pesadíssima naquela nova prisão tão comentada, e por sinal tão mal comentada. Se naquela delegacia já não estava fácil aguentar a barra, imaginem no Complexo Penitenciário do Carandiru.

No momento da revista geral aos novos internos, todos ficam pelados, deixam suas roupas e pertences na portaria, e entram com o uniforme do presidio. Ao examinar os bolsos da calça de Wallace, o agente penitenciário encarregado da revista notou que existia ali algum dinheiro, sem precisar a quantia. Porém..., imediatamente Wallace lhe disse.

— Fica com esse dinheiro para você e vê se acerta um trabalho para mim. Gostaria de ficar no primeiro pavilhão, onde dizem ser mais calmo e onde podemos trabalhar e ganhar alguma remição, certo?

— Vou ver o que dá para fazer, te chamo para um teste.

Logo após os procedimentos de praxe do presidio, foi encaminhado para a sua futura cela. Graças ao pouco dinheiro que tinha no bolso e a presença de espírito, foi colocado em uma cela com mais um único elemento, quando puderam ficar, se é que se pode chamar de conforto, somente dois numa cela. Não necessitaria ficar tão apertado como estava antes nem teria que dormir no chão: cada qual ficaria em uma cama de cimento que os presos apelidaram de jega, um nome horrível para um cubículo que mais parecia uma câmara mortuária. Ótimo para o momento, o jeito seria se conformar e subir na jega, e aguardar...

Sentiu um tremor estranho, um frio no estômago, que subiu incontinente até a garganta, promovendo um espasmo, dificultando a ele engolir a saliva. Chegou a arder, o que fez seus olhos marejarem, quando ouviu o som metálico da porta de ferro, batendo às suas costas, e o ferrolho ser forçado para a inevitável tranca que não fazia ideia até quando seria a paciente espera. Após o clique do cadeado, ficou estático na entrada da cela por alguns segundos, com os pensamentos bloqueados, mudo, porém sentiu-se mais confortado, respirou aliviado, quando o companheiro de cela se apresentou, parecendo ser um sujeito tranquilo, e dirigiu-se a ele como se o conhecesse já há muito tempo:

— Chega aí meu irmão, meu nome é Francisco, mas todos me chamam de Chicão e você, faz o que da vida?

— Bem! não sei se digo muito prazer ou infelizmente, mas meu nome é Wallace. Sou piloto e caí preso fazendo um favor a um conhecido de Ponta Porã. Cai na besteira de pegar um frete de droga, conhece Ponta Porã?

— Claro! Sou daquelas bandas, sou de Maracaju, fui preso num assalto a banco em Brasília, mas vieram me pegar aqui em São Paulo. Já tá paga a pena, mais alguns meses e volto, só estou aguardando os tramites finais.

Após este primeiro encontro, passaram-se mais quatro meses de convivência naquele xadrez, onde puderam se conhecer melhor e traçar alguns planos, até formarem uma sociedade para quando saíssem daquele maldito lugar. O piloto era uma pessoa com uma inteligência invejável, porém muito fácil de ser influenciado, e tinha o péssimo defeito de confiar em todo mundo, com poucas e boas conversas, Chicão fantasiou sua cabeça com ideias criminosas de enriquecimento fácil e de forma deslumbrante, provou que jamais seriam descobertos, e poderiam parar a qualquer momento, quando estivessem com os bolsos cheios.

Wallace saiu primeiro, foi absolvido da sentença, apesar da demora. Tudo correu como previram: o capataz ficou com a pena mínima, por se apresentar como dono da mercadoria e ser primário no crime, isto porque nunca havia sido pego antes. Os outros elementos pegaram penas variadas.

Chicão! até agora Wallace não tinha a menor ideia do porquê de tal apelido, pois o sujeito não possuía nada de grande ou gordo, que justificasse esse apelido. Porém, vamos lá! ele deveria sair da cadeia até abril de 1994, quando iriam se encontrar para iniciar um trabalho em conjunto. Chicão iria até o Mato Grosso do Sul, como planejaram, buscava mercadorias, cocaína e maconha, enquanto Wallace ficava em São Paulo, preparando e organizando a colocação.

Assim que deixou a cadeia, atravessou as grades do portão do enorme complexo, sentia uma grande euforia. Esperava ansioso que houvesse alguém o aguardando na saída, mas prostrou-se na calçada, sentindo um vazio enorme, uma decepção amarga. Deixara a cadeia, e ninguém para saudá-lo, só o corre-corre de pessoas estranhas nos seus afazeres cotidianos cortava sua frente naquela interminável avenida. Respirou fundo, conformado. Wallace dirigiu-se a Vinhedo, interior de São Paulo, onde, através de anúncio no jornal, foi ver uma chácara de lazer para comprar ou alugar. Acabou comprando a propriedade, pois atendia suas necessidades: possuía uma boa casa nos fundos, um galpão todo fechado, onde daria para processar as mercadorias que fossem trazidas por seu sócio, tanto porque Wallace conhecia tudo sobre a química usada no processamento do Craque. E era exatamente isso que pretendiam fazer, porque no momento não tinham capital suficiente para coisas maiores. Para disfarçar, iria montar um viveiro de criação e produção de cogumelos para venda em restaurantes da capital.

Quando Chicão chegou à chácara, após sua saída do presídio, transcorridos os exatos quatro meses que faltavam, já havia algumas melhorias na propriedade. Chegou com pouca bagagem, feliz com a liberdade, cumprimentaram-se efusivamente, e a seguir foi colocado a ele o desdobramento do negócio com relação à compra, e combinaram todo o procedimento de minucioso plano dali para a frente. Após alguns contatos, já efetuados, foi conseguido o fornecimento, por um distribuidor de São Paulo, de xilocaína em pó, que, segundo informações obtidas, na mistura com a cocaína aumentava a quantidade, sem que fosse detectado qualquer diferença na qualidade do produto, com o resultado financeiro da colocação, eles deveriam comprar pasta-base de coca, para que Wallace transformasse em Craque, para venda na Capital Paulista e no Rio de Janeiro.

A xilocaína é um produto anestésico com os mesmos princípios ativos da cocaína. Se por ventura fizer algum mal maior, além do que a droga já promove, paciência. No momento, o que interessa aos dois comparsas é tão somente o lucro e conseguir um bom capital. Achavam que, tudo de ruim já havia acontecido, agora o objetivo maior seria tão somente o tão almejado enriquecimento, a qualquer preço, sem se importar de que maneira e o quanto poderiam prejudicar as pessoas.

Na primeira viagem os dois foram juntos, pois Wallace queria ver como estava sua ex-esposa, mas não levava consigo a ilusão de uma reconciliação. Já se conformara, ela havia sido muito clara e objetiva quando lhe enviou o recado de que tudo estava terminado. Mas queria trazer alguns pertences de sua antiga casa, pois sabia que em relação ao seu casamento nada mais poderia ser feito, visto que nesses sete meses de confinamento carcerário, ela não apareceu, não escreveu, sequer mandou qualquer notícia ou procurou saber se estava bem, vivo ou morto, sinal evidente de que não havia nesta relação um mínimo de amor ou coisa semelhante. Pretendia manter uma conversa com o Turco, apresentá-lo ao Chicão e ter ali um fornecedor, pois o Turco lhe devia uma ajuda maior. Afinal não o envolveram, e o seu nome não foi citado uma única vez. Merecia, portanto, o crédito e o apoio para reiniciar sua vida.

Enquanto isso, Chicão foi à sua terra natal rever seus familiares, alguns amigos, e retornaria à fronteira, bem rápido, pois os negócios não poderiam esperar muito: a situação financeira dos dois estava bastante precária. Mas o tempo foi suficiente para encontrar-se com os familiares e rever amigos, além de conversar com alguns deles sobre negócios, relembrar os bons tempos do contrabando de café, quando todos ganhavam um bom dinheiro, inclusive seu amigo prefeito. Apesar do cargo, as coisas não iam tão bem para o seu lado, havia gasto uma fortuna na campanha, e o retorno não foi nem um mínimo do que esperava. Talvez tivesse que vender até a fazenda, seu único patrimônio, para sair da difícil situação, assunto que foi comentado entre os dois companheiros assim que se encontraram em Ponta Porã. Mas como não era do conhecimento e tão pouco do interesse de Wallace, ficou no esquecimento, pelo menos momentaneamente.

Fizeram alguns contatos. Wallace procurou novamente o Turco, travaram uma pequena discussão, porém não foi muito adiante. Para compensar, o Turco arrumou-lhe alguma mercadoria, não muito boa em qualidade, mas para o que pretendia era o suficiente. Ele retornou à Vinhedo no dia seguinte, e Chicão ficou encarregado de arrumar transporte para o que tinham conseguido de mercadoria, e retornaria assim que tudo estivesse resolvido neste sentido.

Chicão conseguiu um frete em um caminhão de madeira, que tinha como destino a Capital Paulista. Acertou toda a entrega e veio acompanhando o motorista com sua preciosa carga, conseguindo chegar sem maiores problemas a Vinhedo. Descarregaram e imediatamente Wallace deu início ao processamento das pedras de Craque, dissolvendo a pasta de coca em um caldeirão, adicionado o bicarbonato de sódio. Em seguida o choque térmico com água bem gelada para, em seguida, coar e pôr para secar tudo em tempo hábil, pois já tinha destino certo, e iriam conseguir um lucro bastante saudável naquela mercadoria.

Esse trabalho, com certeza, seria o início de uma próspera caminhada rumo ao lucro fácil e ao enriquecimento ilícito. Faria com que esquecessem toda desventura, amarguras e problemas do tempo em que estiveram presos, quando passaram por inúmeras humilhações, dificuldades e necessidades, saudades das pessoas queridas, datas importantes como naquele natal de 93, a passagem do ano de 93 para 94. Dava para ouvir toda aquela algazarra, a alegria do povo nas ruas, fazendo festas, os fogos de artifício sendo soltos por todos lados, e os dois em uma cela fria, solitária, apesar dos 7.000 homens também presos. Curtia-se na cadeia um silêncio fúnebre, uma tristeza angustiante, e lá fora, alegria, luzes, muita esperança de dias melhores sem, no entanto, contagiá-los.

Agora, porém, tudo estava mudando: já tinham o que negociar, estavam em liberdade, tinham vida nova, com muito dinheiro, o que era mais importante.

Poder recomeçar, sem sequer se importar se era lícito ou não, o quanto ou a quem iriam prejudicar, era o que contava. De resto, só precisariam tomar os necessários cuidados com a lei. Voltar para a cadeia não estava em seus planos.

## CAPÍTULO 2

# O PATRÃO

*O poder faz o homem ultrapassar os limites da sensatez, transformando o humilde em fera, cegando seus princípios e fomentando o ódio.*

Lúcio Martinez, de Pedro Juan Caballero, era um jovem senhor, com aparência saudável de homem da fronteira, daquela região que dividia Brasil e Paraguai. Tinha um leve sotaque castelhano, já beirando os 50 anos, sem, contudo, aparentar qual seria realmente sua idade. Era bem conservado, com um semblante calmo, uma fala mansa e tranquila, elegante, muito bem educado. Apesar do sotaque, falava muito bem o Português, o Espanhol, como também o Guarani, língua muito usada naquela região fronteiriça. Mantinha relacionamento excelente com a sociedade local, tanto do lado paraguaio, como do lado brasileiro, embora morasse no Paraguai, em uma belíssima fazenda que possuía uma casa linda, verdadeira mansão tipo sobrado, com piscina, estábulos, bons cavalos de raça. Era uma das melhores fazendas de criação de gado de toda a região, além de ser dono do Hotel da cidade e do melhor cassino. Morava na fazenda e pouco se dirigia à cidade, preferindo sempre ficar em sua propriedade rural, de onde dirigia todos os seus negócios. Adorava passear por imenso jardim, sempre muito bem cuidado, com muitas flores de variadas espécies e cores.

Quem iria imaginar que, por trás de toda esta boa aparência, essa educação esmerada, poderia existir uma personalidade firme, dura, cruel, capaz de tudo para manter-se por cima, como um soberano, com poderes absolutos sobre o bem e o mal, e que tinha como principal atividade o narcotráfico de cocaína e maconha. Seu nome, usado no meio do crime, era O Patrão.

Não relutava em usar da violência, em mandar matar, se preciso fosse, para manter seus negócios, ou se sentisse afrontado de alguma maneira por quem quer que seja, pessoas humildes ou poderosas. Bastava uma ordem e imediatamente era cumprida à risca, como, certa vez, em que surgiram na cidade quatro elementos, fazendo-se passar por traficantes, vinham do interior de São Paulo; não se sabe por quais informações, procuraram o pessoal do Patrão para adquirir algumas mercadorias, ou melhor dizendo, buscando infiltrarem-se naquela organização para um futuro golpe.

Os quatro jovens, todos de boa aparência, bem vestidos, três brancos e um negro pouco mais baixo que os demais, porém um pouco mais falador, foram logo ao assunto:

— Viemos adquirir mercadoria, não temos grande experiência, mas temos ótimo canal de venda. Temos a impressão de que poderemos fazer grandes negócios a partir deste primeiro.

— O que precisam?

— Como assim?

— Erva ou pó?

— No momento vamos levar pó, mas terá que caprichar no preço. Como você sabe, estamos começando, a grana ainda é curta.

— Tudo bem. Quantos quilos precisam e como pretendem pagar? Meu negócio costuma ser mercadoria lá, dinheiro pra cá. Serve?

Esta foi uma das raras vezes em que Martinez atendeu algum cliente ou futuro cliente. Nunca aparecia, a não ser nas grandes transações. Deixava sempre seu homem de confiança atender os pequenos traficantes.

— Achamos justo! Mas como o senhor tem seus métodos, nós temos os nossos. Queremos, se possível, uns cem ou duzentos quilos. Deixamos adiantado R$ 5.000,00, o restante pagamos quando a mercadoria vier parar nas nossas mãos. De preferência que seja entregue em nossa cidade, Marilia: combinamos o local da entrega, recebemos a mercadoria e pagamos o preço que for combinado. Certo assim?

— Muito bem, vocês dão um tempo na cidade até amanhã. Hoje ainda chega meu funcionário, vejo o que for possível de se fazer. Amanhã lhes dou a resposta sobre quanto poderei arrumar e qual o melhor preço que posso fazer. Se quiserem, podem hospedar no Martinez Hotel: terão desconto especial, é propriedade minha. Estamos combinados?

— Falou, até amanhã!

Pedro, assim que chegou a Pedro Juan Caballero, foi informado a respeito dos quatro elementos e de todo o negócio combinado ou, mais propriamente, proposto. Foi ao hotel procurá-los, a fim de conhecer tais elementos, quando lhe foi comunicado pelo porteiro que os visitantes haviam se dirigido ao Cassino, com o intuito de se divertirem.

Pedro, sempre muito precavido, muito desconfiado, também com seus 45 anos de idade mantinha uma aparência de bem mais novo, forte como um touro, aproximadamente l,70m. Acostumado a conviver com todo tipo de gente e com a violência natural da fronteira, bastante conhecido no lado brasileiro como o Bugrão, seguia as ordens do Patrão à risca, como uma devoção. Bastava um leve sinal e tudo seria resolvido de maneira limpa e objetiva, fosse o que fosse. Pedro sempre trabalhou com Martinez, era o elemento de total confiança, sempre tratado como membro da família, e até agora nunca decepcionara o Patrão. Possuía grande habilidade, tanto com as facas, como com sua pistola semiautomática, Colt Double Eagle, calibre 45, de coronhas negras, mira especial. Era a companheira inseparável de todas as horas.

Após tomar conhecimento do paradeiro dos rapazes, foi ao cassino e procurou saber quem eram, sem aproximar-se deles. Ficou à distância, só observando, e pensou consigo mesmo: Caramba! se estão com pouco dinheiro, não deviam estar gastando tanto. Me custa crer que isto seja procedimento de bandidos, parece que estão querendo enganar alguém, ou então são muito inocentes. Mas nisso me custa crer, pois não aparentam ser tão bobos. Só que não estão sendo tão espertos como deveriam ser.

Voltando ao hotel, aproveitando a ausência dos moços, deu uma boa vistoriada nos seus pertences, tentando descobrir algo diferente. Com sua vasta experiência sentiu cheiro de sujeira no ar, aqueles rapazes despertaram uma certa desconfiança que merecia ser investigada. Revistou suas malas e roupas. Qual não foi a grande surpresa ao verificar seus documentos e perceber claramente que estava com toda a razão, adivinhou imediatamente qual seria a intenção verdadeira daquela falsa quadrilha de paulistas.

Entrou em sua camioneta, pegou o telefone celular, discou imediatamente:

— Patrão? Desculpe incomodar esta hora, mas... tenho notícias, são desagradáveis e necessariamente preocupantes.

— É?! Conta.

— Os caras são tiras de São Paulo e estão a fim de armar uma boa casa de caboclo ao Patrão.

— Como soube?

— Procurei os meninos no hotel, o porteiro informou-me que estavam no cassino. Estranhei o fato, quem é do ramo não se expõe tanto. Desconfiei e fui ao hotel dar uma espiada nos pertences dos caras e descobri qual era a jogada deles. E aí? faço o quê?

— Tudo bem, Pedro, toma as providências necessárias. Piranhas não deixam rastros.

Na manhã do dia seguinte, tocou o telefone do hotel, onde se hospedavam os jovens paulistas, e lhes foi solicitado que fechassem a conta. Seriam procurados por um elemento da organização para leva-los à presença do Patrão, a fim de concluírem os negócios.

Deixaram o hotel por volta de 8,30 h, embarcaram no carro que os esperava e seguiram viagem, sem no momento ter nenhuma desconfiança do que pudesse vir a acontecer. Foram levados até um rancho às margens do Rio Paraguai; lá chegando, notaram algumas pessoas esperando por eles.

— Muito bem, rapazes, vieram comprar drogas, não é?

— Sim, claro, quem é você? e onde está o chefe?

— Meu nome é Pedro, alguns me chamam de Bugrão, mas só os meus amigos. Agora o chefe aqui sou eu, portanto vão abrindo o jogo e me digam: quem os mandou aqui, quais são as suas intenções, e sem rodeios, porque já sei quem são vocês e de onde vieram. É bom que digam tudo muito bem direitinho, não gosto de mentiras. Fala!

— Espere um pouco, chefe!... não sabemos de nada do que está acontecendo, só estamos aqui para descolar uma mercadoria e trabalhar, ganhar nosso dinheiro. Se não estiverem a fim do negócio, devolve nossa grana e daremos o fora, sem problemas.

— Acham que vão me enrolar com essa conversa mole? Sei perfeitamente quem são, seus tiras sujos — disse isto desferindo um potente soco no rosto do indivíduo que conversava com ele, jogando-o ao chão. Numa ação reflexa, o agredido levou a mão à cintura em busca da arma.

Esse foi o grande erro. À espreita estavam três homens da quadrilha, previamente preparados e muito bem armados. Não deram a mínima chance aos quatro tiras disfarçados, encheram-nos de balas, acertando-lhes em várias partes do corpo. Pela curta distância, e pelo impacto dos projéteis, foram atirados ao chão com enorme violência, sem esboçarem nenhuma reação ou grito.

— É! Não deu para saber quem os mandou ou qual era realmente a intenção destes meninos. Aproveitem que estão sangrando, atirem-nos para as piranhas, esses nunca mais aparecerão. Queimem bem suas roupas e documentos, não quero rastros ou pistas. Entenderam bem?

— Tá certo, chefe, deixa com a gente, não vai sobrar nem cheiro, pode ficar tranquilo.

— Patrão?!

— Fala Pedro, como foi, descobriu o quê?

— É! Infelizmente, não foi possível descobrir mais nada, além do que já sabíamos. Ao contrário de responder com a boca quiseram responder com as armas, acabaram levando a pior. Fazer o quê? Não sobrou o menor vestígio, ficamos aguardando até o último pedacinho ser devorado pelas gracinhas do rio. Esses só serão vistos por fotografia daqui em diante. Isto se tiverem fotos já tiradas, senão nem assim. Precisa de mais alguma coisa, Patrão?

— Preciso que você vá até Corumbá amanhã. Chega uma carga de éter e acetona, e também alguns barris de querosene. Apanhe tudo, leve até a fazenda, guarde o éter e a acetona no depósito. O querosene você leva para a Bolívia, apanhe a Mercedes no caminho e ela leva você até o acampamento na floresta. Entregue o querosene e traga o que já estiver pronto de pasta. Assim que chegar, me avise. Tome todo cuidado, que os homens da lei estão muito ouriçados. Com este convênio com os Americanos, estão tendo que mostrar serviço, sem dizer que estão mandando armas e homens para ajudar no combate aos nossos negócios.

Mercedes, bela mulher, uma mestiça de cabelos longos negros, olhos levemente puxados, tipo oriental, também negros, com uma aparência misteriosa bem característica da nativa boliviana, corpo esguio, jeito faceiro, fala fácil, de pouca estatura, porém bonito corpo, conhecedora de toda a região e de todos, sabia como ninguém trabalhar a cocaína. Era a principal ligação entre o Patrão e os produtores de pasta de coca na Bolívia, logicamente em conjunto com Pedro, que era sempre o elo de ligação em todas as atividades da organização. Além disso, todos sabiam que havia algo mais do que simples negócios entre Pedro e Mercedes. Nunca perdiam uma oportunidade de estarem juntos e esquecerem por alguns momentos os negócios. E não se sabe se não esqueciam tudo o mais quando se enlaçavam em ardentes momentos de paixão e sexo.

O pequeno avião pousou numa pista clandestina da fazenda Santa Rosa, às margens do Rio Paraguai, em Corumbá. Sem muita conversa, ficando só nos cumprimentos, descarregaram rapidamente o produto transportado, colocando todos os tambores e galões na carroceria da camioneta. Pedro despediu-se do piloto, entrou na cabine e partiu rapidamente com muito cuidado. Levou tudo até a pequena casa da fazenda, descarregou no depósito o que já havia sido recomendado, e o restante, ou seja, o querosene, levou até a beira do rio. Colocou todo ele no chão, encostou a condução em um pequeno rancho à margem. Com a ajuda do barqueiro boliviano, que logo chegou com seu barco e encostou no ancoradouro, já construído para aquele fim mesmo, ajudou acomodar todos os galões no fundo da embarcação, e partiram para a outra margem.

— Juan, Mercedes está esperando na outra margem ou você veio só com o Jeep?

— Non, Patron. Mercedes pede que hoste a apanhe em sua casa — respondeu o barqueiro com seu sotaque bem carregado.

— Está bem! Esta mulher ainda vai me arranjar problemas, mas vale a pena, vamos até lá.

Logo que entraram na cidade de Quijarro, uma pequena cidade na fronteira entre Brasil e Bolívia, pegaram à direita em direção à casa de Mercedes, que ficava em um bairro mais afastado. Era, porém, uma boa casa: grande, toda arborizada. Parecia mais uma pequena chácara. Pedro adentrou o terreno ao lado, estacionou e entrou para um cafezinho e para tomar informações de como estava a situação com relação ao trabalho de produção e apressar a mulher, senão ficariam enrolados um bom tempo.

— Pedro! Temos que tomar todo cuidado, os federais bolivianos e os americanos estão batendo duro para cima dos produtores desta região. Depois que começaram a trabalhar em conjunto, já derrubaram uns cinco ou seis laboratórios. Na mata as coisas estão ficando difíceis, o Patrão deveria tomar novas providências, porém quais?

— Está certo, mas vamos nos preocupar mais tarde. Você sabe onde é o novo laboratório, não sabe? Então vamos logo que, quanto mais cedo entregarmos esta mercadoria, mais cedo eles começam a produzir. E tempo é dinheiro.

Só puderam ir de carro até um certo trecho do caminho, onde tiveram que deixar a condução, pegar os galões e acomodar no lombo de alguns cavalos e mulas de propriedade dos Colhas, nome dado aos nativos da região. Puxaram os animais por um longo trecho de mata, montanha acima, até chegarem ao acampamento, sempre prestando muita atenção, notando se não estavam sendo seguidos, mudando sempre de rota para disfarçar o caminho e não serem seguidos posteriormente. A polícia havia contratado batedores experientes.

    Chegando às imediações do acampamento e do laboratório improvisado no meio da mata, com várias construções de madeira, encontraram alojamentos para dormir, um galpão onde fizeram a cozinha e refeitório, e um barraco coberto, onde estavam os tanques de madeira. Após colocarem neles as folhas de coca já picadas com um cortador de grama manual, os colhas misturavam o querosene e, de forma artesanal, como os antigos fabricantes de vinho, pisavam até virar uma pasta escura. Esta era a primeira etapa da fabricação da cocaína. Os nativos encarregados desta tarefa tinham os calcanhares todos grossos e cascorentos, deformados pela ação do querosene, e podia ser notado de longe quais seriam suas atividades. Por sorte, eram pessoas que pouco iam à cidade, suas atividades sociais se restringiam aos seus grupos e pequenos Pueblo, ou vilarejos onde moravam

    Assim que chegaram com os animais carregados, os nativos correram para ajudar a descarregar os galões. Dava para notar a aproximação de diversas pessoas, pareciam formigas operárias, trazendo enormes sacolas de lonas às costas, com uma faixa de couro presa na testa. Essa faixa tinha como finalidade ajudar a arrastar aquele pesado fardo; servia para dar equilíbrio e impulsionar o corpo para a frente, facilitando o transporte das sacolas completamente lotadas de folhas da coca, colhidas por toda a floresta. Eram ensacadas naquelas embalagens e trazidas para o acampamento a fim de serem processadas por mulheres com suas roupas típicas, com aquelas saias enormes rodadas, em diversas cores; por crianças que cresciam ajudando no cultivo da coca desde a mais tenra idade, passando ali a infância, a adolescência, até a idade adulta sem escola, atendimento à saúde, ou qualquer outra atividade, senão o trabalho da produção da pasta da droga, até o dia em que poderão ser mortos pelos policiais, ou por alguma doença tropical, ou por outra qualquer trazida por forasteiros. Também se notava a presença dos vários homens que se revezavam na colheita, no processamento, e como sentinelas do acampamento, vivendo assim uma sociedade marginalizada e bastante estressada pelos constantes sobressaltos causados pela polícia com seus ataques aos diversos acampamentos montados cada dia em um lugar diferente. Sabe-se que aquilo é o único meio de vida daquele povo, sem condições de produzir alimentos ou criar algum gado por falta de apoio das autoridades, ou até por comodismo, pois é mais fácil colher a folha e processá-la, vendendo toda produção aos traficantes, do que mudar de vida e atividade, cuja renda é sempre instável.

No instante em que descarregavam os animais, Pedro pegava a pasta já processada, acomodava em sua mochila, pagava o chefe daquela comunidade, descontando o produto que levara. Ouviu-se um sinal de alguém que estivera de guarda, imitando um pássaro ou animal daquela floresta, sinal que se repetiu insistentemente. Todos ficaram de sobreaviso. Imediatamente o chefe do pessoal guardou o dinheiro da venda, com sinais nervosos, sem fazer barulho, indicava com os braços e as mãos os procedimentos para fuga e defesa do acampamento. Dirigiu-se a Pedro e Mercedes.

— É a polícia!..., fujam por esta trilha. O menino leva vocês até a beira do rio. Lá temos um barco, pegue-o e se mandem. Depois mando notícias: vamos tentar segurá-los enquanto fogem.

Já dava para se ouvirem tiros de fuzis, metralhadoras. Gritos ecoavam por todo lado, mulheres e crianças corriam desordenadamente entre as árvores, protegendo-se dos tiros e granadas, atiradas sobre eles sem a menor consideração. Não se importavam em quem acertassem, se em mulheres ou em crianças. Aqueles homens, pouco preparados para a luta armada, mais acostumados ao trabalho do dia a dia, com as poucas armas que tinham, foram logo sendo aniquilados, detidos, ou fugiram do local, deixando tudo para trás: sonhos, sacrifícios e os corpos dos companheiros abatidos, o duro trabalho de construir toda aquela rústica estrutura, que era, para tantos, meios de subsistência. Conforme foram chegando os policiais no acampamento, já foram ateando fogo em tudo, fazendo erguer enormes labaredas no meio da floresta, num espetáculo triste e macabro, pois foram também atirando os corpos dos camponeses no meio da fogueira, transformando-os em brasas, sem dar às suas famílias a oportunidade de enterrá-los, concedendo a eles um funeral decente. Sabiam que não sobrariam nem as cinzas dos pobres coitados, seriam transformados em adubo, levados pela primeira chuva que caísse, lavando o chão.

Pedro e Mercedes entraram no barco, deram partida e deixaram rapidamente o local, em direção aonde haviam deixado o carro. Ouviram barulho de policiais se aproximando, mas como não contavam com a fuga através do rio, não vieram preparados para isso. Ao abandonarem o barco, andaram ainda alguns bons quilômetros a pé até chegarem ao carro. Pularam dentro com o coração ainda batendo forte e descompassado, pois foi uma surpresa muito desagradável. Partiram de imediato, indo já para Corumbá, sem, contudo, deixar de passar por Quijarro. Combinou com Mercedes que ela mandaria o Jeep de volta e se encontrariam em outra ocasião, após baixar a poeira daquele dia fatídico e bastante conturbado.

Por sorte, Pedro ainda conseguiu trazer uma boa quantidade de pasta, já pronta para ser transformada em pó. Retornando à fazenda, escondeu a mercadoria trazida e dirigiu-se até a cidade mais próxima, a fim de comunicar o ocorrido ao Patrão, pois na fazenda o telefone celular não tinha comunicação. Já nas imediações de Corumbá, encostou a camioneta e imediatamente ligou.

— Patrão! tenho péssimas notícias, não vai gostar nadinha.

— Bem! estou preparado, solta a notícia.

— Nós havíamos acabado de chegar no acampamento dos Colhas, tomando o maior cuidado, mudando regularmente o caminho para disfarçar e não deixar pista. Mesmo assim, os homens da lei descobriram o local e fizeram a maior zorra: mataram um monte de gente, queimaram tudo que tinha pela frente, só deixaram cinzas. Por sorte consegui fugir com a Mercedes, trazendo um bocado de mercadoria.

— Bem! Dos males o menor: você se saiu dessa vivo e ainda trouxe a mercadoria. Agora só nos resta aguardar que eles entrem em contato com Mercedes, isso logo que passar o susto e chorarem a morte dos parentes. Vamos ajudá-los a recomeçar, se bem que tudo está ficando muito desgastante para todos nós. Estou pensando seriamente em passar a negociar com os Colombianos: os riscos são menores, a mercadoria é de melhor qualidade, já que os bolivianos andam relaxando. Só vou ter que arrumar um bom piloto para buscar e trazer de Cali, ou de Bogotá. Bem, isto é, conversa para mais adiante. Pegue o químico, leve à fazenda, dá uma trabalhada na mercadoria e me diga quantos quilos conseguiram virar.

Pedro ligou o carro, seguiu até a Cidade, indo em busca do químico, em sua casa.

— Marcos! Acabou a moleza, temos serviço, junte suas coisas e vamos para a fazenda.

— Não quer entrar um pouco, tomar um café, enquanto arrumo minhas tralhas?

— Não. Espero aqui mesmo, sempre cuidando com muita atenção de todo movimento ao redor.

Marcos entrou na camioneta, e imediatamente seguiram rumo à fazenda, a fim de mexer com a mercadoria que Pedro havia trazido e mais a que estava anteriormente escondida na fazenda. Aguardavam juntar uma quantidade maior e transformá-la em um volume substancial, o que sempre faziam. Não compensava buscar toda vez que vinha da Bolívia com um pouco de pasta o químico, se bem que Pedro já sabia tão bem quanto ele fazer aquilo virar pó, mas as ordens do Patrão sempre eram obedecidas ao pé da letra.

Já era tarde, e antes de começar a mexer, mandou a esposa do caseiro preparar o jantar, enquanto desenterravam os pacotes de pasta em vários pontos do quintal, levando para dentro da casa. Ela parecia realmente um laboratório, com balanças de precisão, fornos, tachos para derreter a pasta e tambores para decantar, usados para a oxidação da pasta de coca. Colocada nos tanques, sofria um choque de éter e acetona que, misturados, chegavam a ferver, subindo aquele vapor quente. Após serem tiradas as impurezas, coavam toda a mercadoria e colocavam para secar, numa perfeita alquimia.

Após desembalarem todo o produto, colocando nos tachos, foram comer e relaxar um pouco, pois o dia não tinha sido nada fácil, como já vinha sendo há tempo. Contou toda a aventura do dia ao químico e foi deitar-se um pouco e descansar, deixando o homem trabalhar tranquilo.

Ficaram alguns dias na fazenda trabalhando a mercadoria. Assim que processada, levou o químico de volta, camuflou muito bem o produto na camioneta e levou tudo ao Patrão, um volume de trezentos quilos da mais pura cocaína que puderam produzir.

— Patrão, a mercadoria já está no depósito: são trezentos quilos ao todo, a última que trouxe e as que já estavam na fazenda.

— Ótimo! E do pessoal da Bolívia, tem alguma notícia?

— Não! Nada até agora, não voltei a manter contato com Mercedes, que é a única que poderia nos fornecer alguma notícia. Ela não ligou?

— Até agora não, e isso me deixa bastante preocupado. Seria bom você procurá-la e descobrir alguma coisa. Que acha?

— Tudo bem! Vou procurar saber, mas e a história de comprar mercadoria na Colômbia. O Patrão começou a contar e não terminou.

— O caso é o seguinte; o governo Americano está soltando muito dinheiro para o governo da Bolívia, com o intuito de ajudar no combate ao tráfico de entorpecentes, mandando inclusive gente especializada para o treinamento e ajuda no combate aos traficantes e produtores. Com isso, a Polícia da Bolívia está também se armando com o que há de mais moderno em armamentos bélicos. Já não está tão fácil também os persuadir através da corrupção, pois morrem de medo de serem descobertos e perderem o emprego. Enfim, não pretendo parar totalmente. Deixamos Mercedes comprando o que puder dos pequenos ou grandes produtores, sem nos arriscarmos ou arriscar nosso dinheiro mandando material e produtos químicos até eles. Com os colombianos, as coisas serão mais fáceis: compramos cocaína e vendemos armas aos guerrilheiros, unimos o útil ao agradável. O que você acha? Já temos dois bons aviões, temos bons contatos na Colômbia. Só me falta um bom piloto, montar um novo e bem preparado esquema no Brasil para exportação, e estará pronta a Conexão Paraguai, Colômbia, via Brasil, rumo à América.

— O plano parece ser bom, mas por que o Patrão não pega seu irmão para fazer o trabalho de piloto? Afinal das contas, ele recebe muita ajuda do Patrão, é muito bom piloto e, pelo que sei, não está indo muito bem na profissão. Com a má ideia do governo brasileiro de acabar com os garimpos, a grande maioria dos pilotos ficaram na pior ou foram para a aviação comercial viver de salário, ou estão no tráfico.

— Não. Estou pretendendo deixar meu irmão e toda minha família fora do negócio. É melhor que continuem morando em Manaus, tranquilos, sem se envolverem com polícia ou com o crime, procuraremos novos elementos. Aliás estava me esquecendo de lhe dizer, teve alguém bisbilhotando por aí sobre aquele pessoal que você descartou no outro dia.

— E o Patrão sabe quem é o indivíduo bisbilhoteiro?

— Disseram-me ser da Policia Federal, um delegado de Brasília. Já esteve no hotel, no cassino, enfim, por todo quanto é lugar fazendo perguntas. Mas não conseguiu descobrir nada até agora, só que os rapazes deixaram o hotel na quarta-feira por volta de 8,30 horas e foram embora.

— Quer que dê um fim neste problema?

Não! Fique tranquilo, sei que seu serviço foi bem feito, não existe pista. Não vamos complicar mais, o cara não tem bola de cristal. Ninguém aqui vai abrir o bico, portanto deixa o homem quieto.

— Mas não é bom pôr alguém na cola dele, Patrão? Para se saber o que pretende e como vai agir.

— O que você sugere que façamos?

— A Meire, (...), saberia bem o que fazer e como fazer.

— Concordo, fale com ela, mas oriente muito bem: ouvir tudo que puder, sem dizer nada do que sabe, e nos manter sempre informados.

— Certo. Agora vou procurar Mercedes e saber por quantas andam as coisas na Bolívia. Até logo, Patrão.

— Até mais, mas procure a Meire antes, e veja se o cara ainda está por aí ou se está do lado brasileiro. Enfim o que puder descobrir.

O restaurante ficava bem ao lado do cassino; naquela noite estava lotado. Não era para menos, pois sendo o melhor restaurante, era também o mais bem frequentado. Já estava beirando 20 h em uma sexta-feira, foi quando o garçom se aproximou do senhor bem afeiçoado, elegante, jovem, e disse-lhe:

— O senhor vai jantar?

— Se houvesse um lugar vago, quem sabe.

— Pois não. Vou arrumar uma mesa para o senhor. Pode ser aqui perto da porta?

Pode, não tenho preferência, qualquer lugar serve, contanto que possa jantar tranquilo, e bem..., lógico.

Imediatamente após o garçom ter preparado a mesa e o jovem senhor ter se sentado, quando ia começar a fazer o pedido, a moça entrou toda atabalhoada. Foi logo abordando o garçom insistentemente.

— Não me diga que não tem lugar? Detestaria ter que procurar outro restaurante, você sabe que este é meu preferido.

— Infelizmente, senhorita, estamos lotados. Já foi difícil acomodar este cavalheiro, apontando na direção do homem que acabara de tomar assento na cadeira ao lado. Se a senhorita não estiver com muita pressa, é provável que logo desocupe alguma mesa.

— Calma! Não vamos deixar a moça esperando. Se quiser me fazer companhia será um prazer jantarmos juntos. O que acha?

— Posso mesmo? Que bom, muito prazer, meu nome é Meire. Sem mais delongas sentou-se estendendo a mão ao cavalheiro.

— Você?

— O prazer é todo meu, meus amigos costumam chamar-me de Benê. O que pretende pedir? Parece-me que você está mais acostumada com o restaurante e saberia qual a melhor escolha.

Não era o tipo de mulher que se podia chamar de maravilhosa, mas por onde passava chamava a atenção. Tinha um corpo de causar inveja a muitas outras, cabelos castanhos escuros, olhos negros, um rosto típico da mestiça, paraguaia com brasileiro, uma bela voz, suave, agradável. O Patrão a trouxe para trabalhar na boate do cassino como cantora, mas sabia usar seus encantos e sempre tinha algo que poderia melhorar sua vida.

— Não leve a mal a curiosidade feminina, mas faz o que da vida?

— Bem, trabalho com compra e venda de gado e couro. Vim dar uma olhada no mercado desta região, mas tenho encontrado algumas dificuldades: não conheço ninguém e o pessoal é bastante desconfiado. Enquanto isso dou uma andada por aqui e ali, tentando achar alguma coisa interessante para se fazer. Você poderia me apresentar algumas pessoas, me parece ser bastante conhecedora dos lugares e do pessoal local. Que acha?

— Claro! Nisso tens toda razão. Para seu conhecimento, trabalho na secretaria de turismo do Município e também canto na boate do cassino. Poderemos ser bons amigos. Isto, se sua mulher não se importar.

— Não se preocupe quanto a isto, sou solteiro e não tenho compromisso com nenhuma mulher.

— Que bom, assim é melhor. E esse Benê, é diminutivo de quê? Se não gostar, não responda. Às vezes sou meio indiscreta. Curiosidade, sabe. Às vezes também falo mais do que precisa. Coisas da profissão. Como guia turístico, a gente precisa falar bastante.

— Sem problemas. Realmente não gosto do nome, meu pai quis homenagear meu avô e me colocou este nome: Benedito Souza Neto. Meus amigos me chamam Benê, porém em casa sou Neto.

Tiveram uma noite maravilhosa. Meire sabia como nenhuma outra usar toda sua experiência numa relação sexual. Logo ao chegarem ao seu apartamento, bastante aconchegante e confortável, ela tomou a iniciativa e de imediato investiu sobre o homem. Tirando sua roupa enquanto o beijava por todo o peito e seus dedos corriam macio por toda parte do corpo, em volúpia e carícias sensuais. Foram parar na cama, onde tiveram uma noite inesquecível.

— Meire?

— Sim! Fala, Patrão, respondeu ao telefone com uma voz preguiçosa, naquela manhã que não queria nunca que chegasse.

— De uma chegada no escritório do cassino lá pelas 15 h. Eu e Pedro estaremos esperando, falaremos pessoalmente. Por enquanto, nada de telefone para tratar de negócios.

— Tudo bem, estarei lá.

Na hora marcada estava lá toda faceira, bem produzida, como sempre, já refeita da noite anterior, diante do Patrão e de Pedro, pronta para a conversa marcada.

— Boas tardes, tudo em ordem? O que temos para hoje?

— Bem, pedimos que viesse conversar pessoalmente porque temos a impressão que os telefones estão grampeados ou pelo menos instalaram alguma escuta na cidade e temos que tomar todo cuidado. E aí? Tem alguma novidade a nos contar?

— Bem... realmente o cara é delegado federal como já se desconfiava, mas está se passando por comerciante de gado e couro para um frigorífico de São Paulo. O que mais pude descobrir é que seu nome é Benedito Souza Neto, os colegas de profissão o chamam de Benê. Além de bonito, tem 1,80m, é moreno, cabelos lisos, um corpo bem malhado, muito educado. O que consegui descobrir a mais é que, me parece, um dos rapazes desaparecidos era seu parente ou é não sei. E o cara está decidido a ir até o fim na investigação. O que acham, devo continuar na cola do tira ou paro? Para mim, sem problemas: estou adorando.

— É! Vamos continuar, acompanhe seus passos. Temos que saber até aonde ele pretende chegar.

— Falou, Patrão, já vou indo. Tchau, Pedro.

— Não se esqueça, todo cuidado é pouco, vê se pega leve. Quando for telefonar, use códigos. Se o cara for esperto como diz, cuidado no que falar. Dê corda, mas não se enforque com ela. Vai firme.

— Bugrão... aquela última mercadoria, os trezentos quilos de pó mais outro tanto de maconha, exportei para os Estados Unidos. Uma parte desceu, através das barcaças, em sacas de soja descendo o Pantanal até o Porto Paranaguá. Embarcamos em um navio de carga, e já foi entregue. Esta deu certo, a operação foi perfeita, mas os homens já descobriram o esquema e estão dando em cima. Não pegaram esta carga por muita sorte e porque fomos rápidos. Agora não sabemos se a alcaguetagem veio de lá ou foi daqui. Só sei que devemos mudar tudo novamente, montar um outro esquema pois o negócio com os gringos é quente e a grana vem direitinho. O preço não poderia ser melhor, compensa arriscar com eles juntar uma grande quantidade e mandar tudo de uma só vez. Os caras têm peito e condições de segurar. E se nós não conseguirmos, os colombianos, os peruanos, enfim, todas estas máfias entram no negócio e nós vamos ficando para trás.

— Bem, patrão, esta questão de vendas e colocação de mercadorias é tudo com o senhor mesmo. Meu negócio é retaguarda. O que mandar eu faço.

— Tudo bem, esteve na Bolívia, falou com a Mercedes. Como está a coisa por aqueles lados?

— Estive com ela, o estrago foi grande. Mas dá para reorganizar e começar de forma diferente: mais discreta, nos fundos dos quintais, quantidades menores e da forma que o Patrão falou. Vendemos a eles o querosene, eles tocam o negócio por sua própria conta e Mercedes vai recolhendo o resultado e trazendo até nossa fazenda de Corumbá. Só que as quantidades serão sempre pequenas.

— Sem problema, tocaremos assim mesmo: os riscos são menores e o trabalho é bem menos.

## CAPÍTULO 3

# O ENCONTRO

*Os homens se unem para realizarem o bem comum. Ou se juntam para promoverem o mal. Movidos pela paixão, ou necessidade de auto afirmação.*

Chicão e Wallace entraram no Cassino mais ou menos 10 h ou 10,30 h. Chicão dirigiu-se para a boate e Wallace procurou os caça-níqueis para tentar a sorte e dar uma reconhecida no local onde há muito tempo não aparecia. Andou entre as mesas de jogos, tentou algumas jogadas. Como se sentiu sem sorte naqueles instantes, procurou pelo amigo na boate. Ali se encontrava sentado em uma mesa com algumas garotas, tomando umas bebidas e trocando ideias.

— Ah!... olá, aproxime-se, Wallace, venha conhecer as meninas. Sente-se ai, garotas! Meu sócio...

— Olá!... tudo bem? Muito prazer, são daqui mesmo?

— Sim, somos, e vocês são de onde?

Não houve tempo de responder, pois lhe bateram nas costas.

— Wallace! Quanto tempo! Como vai?

— Ô Cara, que prazer, faz tempo que não nos vemos. Que faz por aqui? Senta aí com a gente. Tá sozinho?

— Sim, estou. Permitam-me? Garotas, muito prazer, José Luís, mas podem me chamar J.L. É como todos me chamam. Pois é, velho amigo, estou só, mas fico contente em vê-lo depois de tanto tempo. Você me parece estar muito bem.

— Também estou feliz em vê-lo, este é Chicão. Estamos juntos numa parada.

— Joia..., prazer, fazendo o que da vida?

— Negócios...

— Vão ficar muito tempo por estas bandas, ou estão só de passagem?

— Eu e o Chicão vamos encontrar um cara em Ponta Porã amanhã, para resolvermos umas pendengas. Assim que terminarmos, voltamos a Campo Grande. E você o que pretende?

— Vou ficar uns dias por aqui, tenho um irmão que mora na cidade. Já te falei dele certa vez, lembra? Depois volto para Manaus.

Neste meio tempo entra Pedro, acena para J.L. E aí? Tudo bem?

— Chega aí, Bugrão... vem conhecer alguns amigos: Wallace, piloto dos bons, trabalhamos muito nos garimpos. A última viagem foi um pouco traumatizante, mas acho que já superamos. Chicão, sócio dele em alguns negócios; e as meninas, que estou conhecendo agora também.

— Certo, como vão todos, muito prazer. Espero que estejam se divertindo. Vão ficar na cidade?

— Ainda não sabemos, mas creio que vamos dormir em Ponta Porã, a não ser que a maré favoreça. Mas, de qualquer maneira, é um prazer, não quer se sentar?

— Não! Só estou de passagem, fiquem à vontade. Qualquer coisa disponha, J.L. Sabe onde me encontrar. Amigos dele são meus também.

— Falou, Bugrão, obrigado.

— Bem, pessoal, a conversa está agradável, mas vocês já estão numa boa e eu vou procurar meu caminho.

— Não quer ficar com a gente? Trocamos umas ideias com as garotas, jantamos, e aí veremos o que pode ser feito, qual será o melhor programa.

— Tá legal..., mas queria trocar umas ideias com vocês outra hora, mais tranquilos, sobre negócios. Não agora, pois no momento o nosso negócio mesmo é diversão. Meu mano tem um rancho na beira do rio que é um tremendo barato. Podemos chegar até lá, levamos algumas bebidas, uns aperitivos; tem piscina, sauna, enfim, todo conforto necessário. Que acham?

— Para mim tudo bem, e você, Chicão?

— Bem, se as meninas toparem, tô nessa, e aí, bonecas, vamos nessa?

— Tudo bem, vamos nessa.

No dia seguinte, combinaram de se encontrarem em Pedro Juan Caballero para jantar, pois teriam compromisso na parte da manhã com o pessoal do Turco, quando provavelmente ficariam para o almoço, em Ponta Porã.

Chegaram ao restaurante por volta de 20 h. J.L. já os esperava com o Bugrão ao lado.

— Boa noite, como é, demoramos? Já faz tempo que estão esperando?

— Não, chegamos há pouco, estávamos na fazenda de meu irmão. De lá até aqui é uma boa caminhada. E aí encontraram com o pessoal do outro lado, fizeram bons negócios?

— Deu tudo certo, foi razoável.

Foi aí que Pedro interferiu no papo:

— Estiveram com o Turco? Os negócios com ele vão indo bem?

— Como sabe? Bem, esquece! Até que não vão tão bem, não.

— Wallace! Me diz aí, como vai a vida? O que vocês andam fazendo e que virou da grana que você ganhou no garimpo? A quantia de ouro que lhe coube na divisão de nossa última aventura até que não foi das piores. E fiquei sabendo que você caiu preso, ficou engaiolado uns tempos em São Paulo. Como é que foi isso?

— Legal, uma de cada vez, me dê chance de respirar e responder. Na prisão conheci o Chicão, ficamos na mesma cela. Lá bolamos um trampo: comprar xilocaína em pó em São Paulo e vender aqui na região e no Mato Grosso do Norte, onde já fizemos uma clientela. Neste meio tempo, compramos pasta por aqui, levamos até Vinhedo, onde adquirimos uma chácara. Lá eu transformo em pedra de Craque e levo para a Capital ou pro Rio de Janeiro.

— Certo! Mas o pessoal faz o que com essa xilocaína. Isso não é anestésico, usado em cirurgia?

— É... mas o pó de xilocaína o pessoal mistura na coca e aumenta em quantidade, e não se percebe nada, porque a xilocaína também é um derivado da folha da coca. Entendeu?

— Tá!... e o resto?

— Bem, aquela grana que ganhei no garimpo, aliás que ganhamos juntos, ou melhor, o ouro que trouxemos, transformei em dólares, torrei tudo viajando pela Europa, fiquei uma cara por lá, conheci tudo que tinha vontade de conhecer, e a prisão veio de graça. Fui fazer um favor para o Turco, ele estava sem piloto. Eu havia pedido o avião dele emprestado para revalidar meus documentos, e não pude negar a ele quando me pediu para levar uma mercadoria a Franca. Chegando lá, caímos que nem patos, mas fui absolvido na bronca.

— Então não está voando para ninguém?

— Não..., quis dar um tempo, mas estou morrendo de saudades, e você o que me diz?

— Naquela época do garimpo caí duas vezes, acidentes feios, quase que me arrebento todo. Na última queda estávamos juntos, não morri por muito pouco, depois que você me deixou no aeroporto de Manaus. Minha irmã chegou, me socorreu, fiquei uns tempos hospitalizado. E agora que estou voltando à ativa, meu velho trem fixo você presenciou o desfecho, o fogo consumiu com ele. Mas vamos ao que é mais importante: o porquê de tratarmos esse encontro.

— Vocês não conhecem meu irmão. Não é mesmo?

— A não ser que nos diga quem é, ainda não sabemos.

— Certo! Meu irmão é o Lúcio Martinez, o dono de boa parte de tudo isso aqui. Alguns o chamam de Patrão, hoje pela manhã estive com ele e falei muito a seu respeito, como piloto e como gente que conheço bem, e a quem devo minha vida.

— Até aí, muito obrigado, mas se for direto ao assunto, ganhamos tempo e fico menos curioso e bem menos ansioso, porque, pelo que sei, o Patrão é o maioral no negócio das drogas aqui na região.

— Sem dúvida, e está precisando de um piloto de seu porte e conhecimento para fazer alguns trabalhos.

— Acredito que não vai dar, meu amigo. Já levei uma boa esfrega, fiquei meio medroso, não estou a fim de levar outra. Sinto muito.

— Tudo bem, mas não seria bom conhecê-lo? Quem sabe pode sair algum negócio.

— Mas diz aí, por que você não faz o trabalho? Você é bom também, tem tanta experiência ou até mais que eu.

— Vim aqui a fim de encarar o trampo, mas o mano quer por que quer me deixar fora desta. Sei lá o que passa na cabeça do homem, tenho a impressão de que a família está por trás, e quando entra família o bicho pega. E o mano, apesar de tudo, é super conservador.

— Tudo bem, acho que não seria demais conhecer o homem, marca um encontro que iremos falar com ele. Não vou prometer nada, mas quem sabe pinta algum negócio e a gente conclui.

— Joia, se não tiverem compromisso para amanhã, que tal irmos passar o dia na fazenda? Sei que vão gostar, o local é demais, só vendo.

— Está bem, vamos dormir por aqui. Ficamos no hotel e, amanhã, você apanha a gente?

— Tá legal, marco com o mano, ligo para vocês, combinamos a hora e o Bugrão passa para apanhá-los, fica bom assim?

— Claro! Mas antes diz para mim: quem informou o amigo Bugrão do nosso negócio com o Turco?

— Não leve a mal, mas aqui, como do outro lado, nada acontece sem que o Patrão saiba. São coisas do ofício, mas fica tranquilo, tá tudo sob controle.

— Joia, vamos terminar nosso jantar, daremos uma passada na boate do cassino. De lá vamos a um lugar que eu conheço, é simplesmente o máximo, tem garotas para todo gosto e cor. Pode crer.

— Vamos nessa.

Realmente o local era um sonho, a entrada muito simples: um carramanchão de planta com flores coloridas, com luminárias antigas defronte a um casarão estilo século XIX, muito bem conservado. Porém, ao abrir a porta, parecia estar entrando no paraíso, com tantos anjos de beleza, e estilos diferentes, mas cada uma melhor que as outras, só garotas selecionadas. Ali o preconceito era só no bolso porque em relação a cor, tamanho ou qualquer outra coisa, não existia: todas eram muito bonitas, em um ambiente que só valorizava aquelas joias vivas: uma sala ampla toda cheia de cortinas em cetim ou seda. Isso pouco importava: só sabiam que era muito bonito, todo vermelho, com lustres de cristais nos tetos ornamentados por lâmpadas imitando velas. Dava-lhes uma sensação premeditada de que seria uma noite inesquecível.

— Wallace, Chicão! Chega aí, vou apresentar-lhes Pilar, dona do pedaço.

Uma mulher que, apesar do tempo, ainda mantinha um semblante jovem, uma beleza exótica, um sotaque espanhol gostoso de se ouvir e com toda delicadeza, dirigiu-se aos rapazes:

— Que bom que vieram, é um grande prazer. Amigos de J.L. são meus amigos também. Espero que gostem do ambiente das garotas e se divirtam bastante. Bem... fiquem à vontade.

— Obrigado, vamos gostar muito, pode ter certeza.

Já eram dez horas quando o telefone tocou no quarto do hotel, acordando os dois sonolentos companheiros. Era J.L.

— Que é isso cara, parece que não estão em boa forma! Uma noitada acaba com vocês. Tá na hora, meu irmão espera a gente para o almoço. Pode ser? O Bugrão passa aí para pegá-los em meia hora. Combinado?

— Certo. Vamos acabar engordando de tanto almoço e jantares. Mas vamos ao sacrifício, estaremos esperando, até mais.

Chicão ficou realmente espantado com a fazenda. Cara!..., isto é coisa de cinema, nunca tinha visto um troço destes. Que lugar lindo!

— É! Você ainda não viu nada. Tudo aqui é feito com extremo bom gosto, o Patrão trouxe engenheiros e arquitetos de fora, gente de nome para projetar e construir tudo isso.

— Faz tempo que trabalha com ele, Bugrão?

— Desde o começo, quando também era simples piloto e não tinha nada, só uma tremenda vontade e boa cabeça.

Realmente, uma obra faraônica, não sabiam para que lado olhar ao entrarem na sala de visitas: tudo em mármore, desde pisos, pilares, corrimões, e quadros de diversos pintores, todos colocados de modo que demonstravam bom gosto e estética. Lógico, ali tinha o dedo de pessoas que entendiam e muito de decoração de ambientes, móveis caríssimos, tudo que o dinheiro era capaz de produzir.

— Gostaram?... Não se acanhem, tudo é muito simples, mas feito com todo carinho – disse num leve tom de deboche. – É um prazer conhecê-los, meu irmão falou de vocês, principalmente de Wallace, suas românticas aventuras nos garimpos, da vida nos velhos e bons tempos.

— Bons tempos, hem! Ainda sofro pesadelos com aquele tempo, tremo só em pensar pousar com o avião em pistas feitas na enxada, encarar gente de todo tipo, pessoas simples em busca de uma vida melhor, que com o decorrer do tempo se embrutecem e viram feras, bandidos, foragidos, gente ruim que pouco importava se vivia ou morria. A maleita que não tinha como evitar, peguei uma porção delas, mas não viemos aqui para lembrar os velhos tempos e sim para tentar construir um novo tempo. Não é mesmo?

— Claro..., claro, vamos sentar na varanda, vou mandar servir um aperitivo para a gente e vamos conversar. E aí? Gostaram da fazenda? Do lugar, que acham?

Enquanto isso entra a criada com os aperitivos, uma nativa toda vestida em traje típico, blusa em linho branco, manga bufante, saia de algodão bem rodada, toda colorida em florais vermelhos e verdes, dando uma sensação realmente agradável aos olhos. Porém, por sua vez, entrou a senhora Dora Martinez, além de linda, alta, cabelos longos negros, soltos às costas, seios generosos sob um decote amplo, olhos castanhos sublimes, uma personalidade muito marcante, demonstrando grande educação para uma senhora do campo.

— É!..., não deixa de ser um lugar muito bonito, muito agradável, interessante!

— Minha esposa... Dora? Apresento-lhe, Wallace, Chicão.

— Muito prazer!

— Sentem-se.

— Bem, senhores, aqui ninguém é santo ou inocente, muito menos bobo. Então vamos ao que interessa.

— Vocês conhecem meus negócios, e sabem muito bem qual é a minha atividade, e de onde veio tudo isto que estão vendo. Porém, nos últimos tempos, a coisa tem ficado difícil nesta área. Levei algumas trombadas na Bolívia, coisa que o Bugrão pode explicar mais tarde. Estou com um tira no pé, fazendo algumas investigações, mas isso é o de menos. O pior é que tenho uma clientela no exterior de grande potencial, não quero perdê-la, mas estou com problemas para atender suas necessidades. Com isto vai entrando a concorrência, e estou ficando para trás, o que não é nada bom. Enfim, estou fazendo contato com os colombianos, quero montar um esquema novo no Brasil, com pessoas diferentes, pouco manjadas e montar enfim uma nova conexão.

— Realmente! Você soube aplicar seu dinheiro, é de encher os olhos, um local de causar inveja a muitos ricos norte-americanos que vivem na Flórida. Mas, quanto aos negócios, é bom que saiba, estamos recomeçando, temos um capital pequeno, não tem como entrar nessa. Temos uma pequena chácara em Vinhedo, onde fizemos nosso quartel, mas é coisa mínima, frente a este projeto. Mas... nos diga, qual é a ideia formada em cima disto? E a nosso respeito? Achamos difícil, porém nada é impossível.

— Certo... o negócio não é de hoje para amanhã, é a longo prazo. Quero juntar uma quantidade grande de mercadoria para exportar: coisa de uma tonelada ou mais. Tenho pensado bastante e, com um pessoal competente, deverá funcionar como um relógio. Ouçam bem, estou mantendo contato com um pessoal na Colômbia, ligado às guerrilhas. Por sinal, dirigem a produção da coca e também estão constantemente precisando de armas e munições, coisa que para mim é sopa. Arranjo o quanto precisar a qualquer momento, o problema está sendo levar até eles. E aí entra o negócio da coca: compram armas e vendem coca.

Neste ponto é que entram vocês: Wallace faz a ponte Paraguai – Colômbia –Brasil e Chicão cuida de pormenores no Brasil.

— Bem, supondo-se que concordemos com o negócio, você fornece o avião e nós iremos trabalhar para você?

— Não! Vocês vão montar o seu negócio, comprar o seu avião; enfim, se organizarem, e faremos uma sociedade. Eu dou o tranco e vocês tocam o carro.

— Gostaríamos de saber como começar..., para chegar a esta organização, comprar o avião, enfim..., fui pego de surpresa, mas acho o negócio viável e interessante. Só me diga como e quando começar.

— Bem..., agora vamos almoçar, a mesa já está posta, e quando almoço, não gosto de falar de negócios. Vou querer que conte seu passeio pela Europa, J.L. me disse que andou por lá torrando todo o dinheiro ganho no garimpo. Foi isso? O restante dos negócios que iremos entabular, tudo será tratado com Pedro. Certo, Bugrão? Tudo bem, Wallace?

— Por mim está tudo bem.

Terminaram o almoço por volta de duas horas. Foram levados para conhecer o local, onde dava para notar claramente a presença de pistoleiros em pontos estratégicos, todos bem disfarçados, mas nada fugiu ao olhar atento de Wallace. Contudo, isso pouco importava, o que era importante mesmo era a beleza do local e voltar a conversar com o Patrão ou o Bugrão, de como seriam feitos os novos negócios. Evidente que pessoas como o Patrão deveriam ter muitos inimigos ou, pelo menos, queria proteger-se de alguma forma. Tinha condições de pagar, poderia muito bem manter aquele pequeno exército.

— Muito bem, Patrão! Tudo está muito gostoso, muito bonito, mas temos que andar e cuidar da vida. Como ficamos?

— Vocês marcam com Pedro, ele passa no hotel à tarde e coloca toda providência a ser tomada. Expõe os planos para seu conhecimento, e daí para frente montem seus esquemas e vão me colocando a par de toda situação. Tudo o que decidirem peço que me comuniquem, sempre através do Pedro. Todo problema será decidido com Pedro, não me telefonem, somente com Pedro. Quando precisar, eu entro em contato com vocês. Se a coisa continuar bem, só com Pedro; procurarei não aparecer. Tudo bem pra vocês?

— Certo, então estamos indo. Até outra hora, senhora, foi um prazer. J.L. vai com a gente?

— Não, o Bugrão leva vocês. Vou ficar por aqui um pouco mais, mas voltamos a nos ver dentro em breve. Certo?

— Tudo certo, até breve, então.

Chicão despediu-se também e seguiram juntos em direção ao carro que os levaria de volta à cidade. Durante o trajeto, o Bugrão foi colocando-os por dentro do negócio que poderia ser feito.

— É bom que tenham conhecimento de que nós sabemos que vocês estão tendo dificuldades de conseguir mercadoria com o Turco, apesar de que ele lhe deve uma pedra, por causa daquela prisão fora de hora. Portanto, a proposta nossa é a seguinte: nós temos a mercadoria, vou lhes fornecendo e vocês levam, colocam no mercado, me pagam, e o lucro vocês vão capitalizando, até terem o suficiente para adquirir o avião e montar uma estrutura legal para que possamos dar início à chamada conexão que o Patrão tanto fala. Será uma boa quantidade de pó, já poderá ser levada imediatamente. Seria só o tempo de dar uma corrida à Corumbá, apanhar o produto que ainda está lá, embalar e levar para ser negociada.

— A ideia é excelente, e vejo que está bem por dentro dos meus negócios com o Turco. Mas isso deixaremos de lado por hora, e vamos aos fatos presentes. Tudo o que foi dito agradou-me plenamente, e nem preciso que embale o produto, isso eu mesmo faço, assim que chegar nas minhas mãos. Em Vinhedo tenho tudo preparado para transformá-la ou senão só para embalar. Tenho inclusive balança e uma prensa nova, só gostaria de saber quantos quilos vai nos arrumar, e de que maneira vai ser transportada, para que possamos nos preparar e já providenciar a colocação do produto.

— Ouça bem... Um de vocês vai comigo até Corumbá, lá tenho um caminhão de minério que vai até Campo Grande. Tudo legal, bem mocozado. Chegando lá, vai parar na oficina de um amigo, nela temos uma camioneta já preparada, com placas de São Paulo. Mudamos a mercadoria para a camioneta e um de vocês toca até o destino, ou se não quiserem correr riscos, e tiverem alguém que leve, é tudo contigo mesmo.

— Tudo bem, faça isso, vou para Campo Grande, aguardo no hotel Nacional. Chicão acompanha a carga de Corumbá até Campo Grande. Lá temos uma pessoa para conduzir o veículo até minha casa. Daí para frente eu resolvo o que fazer. Já nos deixe no hotel, de lá eu vou adiante e o Chicão fica aguardando seu chamado. Mas não deixem de me informar cada passo da operação, detesto surpresas.

— Fica tranquilo, faça isso e deixa o resto com a gente. Certo, Chicão?

— Okay, vamos nessa, estou sentindo que a festa vai começar.

Na tarde do dia seguinte, Chicão ligou ao companheiro no hotel, logo após a chegada a Campo Grande

— Wallace! Já estamos aqui na oficina dando uma arrumada na camioneta, já falou com o motorista?

— Sim, já está tudo certo. Me diz onde encontrá-lo e a que horas, que já vou estar esperando com o motorista.

— Legal, o melhor é sair logo após o jantar. Me espere no posto de gasolina na saída para Três Lagoas. O terceiro posto, na entrada do pequeno aeroporto. Sabe qual é?

— Sei, vou estar esperando com o motorista, até mais tarde.

No horário marcado estavam todos no local previsto, porém o motorista não quis perder tempo: abasteceu a condução, pegou dinheiro para as despesas e saiu. Isto após ter combinado a hora e como seria a rota de viagem e a entrega. Chicão foi atrás, em outro veículo, como batedor, e Wallace voltou à cidade. Na manhã seguinte foi de avião até São Paulo, de lá viajou para Vinhedo, chegando junto, ou quase junto, com os companheiros. Eles demoraram em virtude do trajeto escolhido, bem mais longe, porém muito mais seguro.

Quando de sua passagem pela Capital, Wallace já aproveitou e ligou para o cliente no Rio.

— Paulinho?....

— Sim! Quem?

— É o piloto, tudo em cima?

— Claro, meu irmão! Que manda? Anda sumido, meu camarada.

— Tenho alguma coisa em mãos. Interessa? Mais ou menos cento e trinta quilos.

— Dá para encarar, com certeza. É da boa?

— Melhor impossível.

— Me entrega quando, meu irmão? Ou quer que vou buscar? Diga o que você pretende e quanto quer pela mercadoria. O resto deixa comigo.

Mas não gosto de demora, e por favor não ofereça para mais ninguém. Se tiver um pouco de erva, também pode mandar, é comigo mesmo.

— Fica frio, meu pessoal deve estar descarregando as peças agora lá no barraco. Assim que ficar pronto vai para a mão, o preço é o mesmo. Entrego o produto e espero no hotel, pra você levar minha grana. E já sabe... depois dessa temos condições de muitas outras. Descolei uma fonte quente, abastecimento constante. Quanto à erva, ainda não, mas se quiser, vai para a mão na próxima viagem.

Já em Vinhedo, na chácara, na chegada da camioneta.

— E aí? Como foi a viagem algum problema?

— Não, foi tudo bem. O trajeto do amigo aí é meio complicado pela estrada ruim, mas bem tranquila. Nenhum guarda de lá até aqui. Mas agora vamos dormir até amanhã, estamos um verdadeiro bagaço. Já acertou com os homens do Rio?

— Já... Tudo certo. Vou dar uma misturada na coisa, embalar tudo direitinho, enquanto vocês descansam. Só me mostre como retirar a mercadoria do carro, o resto deixa comigo.

— Okay, vamos lá.

— Ô cara! Achei que não iriam mais levantar. Parece que descansaram tudo que precisavam, ou ainda estão quebrados?

— Cara! foi uma semana pesada, acho que estou ficando velho ou então fora de forma. Precisamos de mais algumas semanas iguais a esta até acostumar-me. Que horas tem?

— Já são dez horas e estamos na quinta-feira, meu amigo. Já misturei o bagulho, separei em peças de um quilo, consegui chegar a 150 quilos. Agora vou montar as embalagens e ver se entregamos no Domingo. Que acha?

— Para mim tudo bem. Vai ligar pros caras do Rio?

— Vou... Assim que terminar, dou um chego no centro da cidade e ligo de um orelhão. Os caras falam muito abertamente e eu não estou a fim de problemas. E voltando-se para o motorista:

— Bem, meu chapa, você pretende ficar mais um tempo ou já quer voltar?

— Se não precisarem mais de mim, vou dar no pé. Se precisarem para mais alguma coisa, estou à disposição.

— Seria uma boa se pudesse ficar um pouco mais. Esta camioneta tem um mocó perfeito e você leva o bagulho no Rio para a gente. Já conhece o Rio?

— Não, mas gostaria. Entrego o bagulho, dou uma passeada por lá e depois me mando. E ganho uma grana a mais, correto?

— Tudo bem, tá limpo. Agora vou terminar meu trabalho, vocês preparam alguma coisa para comermos. Assim que terminar, vou tentar falar com eles e marcar a entrega.

Wallace foi para o Rio pela ponte aérea, deixando São Paulo no sábado, no início da noite, logo após reservar um apartamento no Hotel Grande Rio e já ter tudo combinado com Paulinho.

Chicão e o motorista deixaram São Paulo por volta de duas horas da manhã. Aproveitavam a madrugada do sábado para domingo, porque sabiam perfeitamente que não iriam encontrar problemas na estrada, pegando a Via Dutra completamente limpa, ótima para se viajar.

Wallace assim que entrou no hotel e se acomodou no apartamento, ligou para o Paulinho, considerado o maior chefe de morro no tráfico de drogas,

— Ô cara! cheguei! Sua encomenda deve estar na mão entre seis, seis e meia. Meu parceiro está trazendo numa D20., marrom e branca, placa de São Paulo. Como vai ser a entrega?

— Tem como entrar em contato com o cara?

— Tenho, claro!

— Assim que ele pegar a Av. Brasil, entre no primeiro posto de gasolina, estaremos esperando. Escoltamos ele ou eles até o local da entrega, conferimos a carga e vou te procurar para acertar.

— Tudo certo, mas você vai estar lá para receber a encomenda?

— Com certeza, por quê?

— Passa aqui, vou contigo, gosto de estar junto.

— Não confia em mim, parceiro?

— Você sabe bem que não é isso. Só quero ver como é o espetáculo.

— Tu vais gostar pacas, te apanho na madrugada. Vai dar um rolê na noite carioca, meu irmão? Quer sair comigo? Tenho umas gatas.

— Não, vou descansar. Amanhã o dia vai ser cheio, te espero cedo.

Assim que a camioneta encostou, um carro encostou ao lado com quatro elementos bem mal encarados. Um deles dirigiu-se ao motorista:

— Vem atrás de mim, meu irmão, tu tá protegido.

— Okay, vamos lá.

Nesse momento Wallace virou-se para o Paulinho, dizendo:

— Ô cara! precisava tudo isso?

— Meu irmão, aqui o bicho pega, nós temos que encarar a polícia e a concorrência das outras gangues. É na porrada, não tem diplomacia não, meu. Ninguém chega conversando, chega metendo fogo. Se eu não mostrar poder, perco a liderança e o respeito do pessoal. A vida no morro é assim mesmo.

Mais parecia uma operação de guerra: dois carros na frente abrindo espaço, com um elemento em cada esquina segurando o trânsito, quatro carros atrás como batedores e um de cada lado da D20, todos com metralhadoras nas mãos e pistolas na cinta, preparados para o que desse ou viesse. Ao entrar no morro Santa Marta, todo comerciante abaixou as portas dos estabelecimentos, todas as casas fecharam portas e janelas. Foi uma correria de pedestres e moradores do local para dentro de casa ou escondendo-se onde pudessem entrar, num espetáculo trágico e cômico ao mesmo tempo.

Passando pelo pensamento de Wallace, aquilo tudo: será que é necessário? Chega as bordas da insanidade. Como pode um indivíduo ser possuído de tamanha insensatez ou ganância, precisar demonstrar tanto poder ou fazer loucuras pelas riquezas, quem sabe? E tudo isso, sabe-se, sem ter como usufruir de tais benefícios, pois vive escondido, acossado, sem família, nem amigos com quem possa dividir as horas de alegria ou tristeza, pois tem que viver na escuridão, sempre protegido por guarda-costas, pistoleiros ou o nome que possa ser dado, sem ter a liberdade de ir aonde quiser, com quem quiser, uma vez que vai ter nos arredores sempre alguém que o conhece e sabe quem é e vai entregá-lo à polícia ou vai tentar extorqui-lo, ou até sua família. Tem que viver na clandestinidade, mas enfim, esta é a vida que escolheu, e ele deve se sentir bem dessa forma. Talvez se sinta como um rei, um rei marginal com o poder supremo sobre aquele povo que vive mais do medo do que do respeito.

— E aí, que achou do aparato? Não sou fraco não, hem?!

— Sem dúvida, cara, tu tá por cima. Como é que ficamos então?

— A camioneta fica com meus homens até descarregar. Levo vocês ao hotel, fazemos uma hora, tomamos um café, até terminarem tudo. Então encaminham a D20 até aquele posto da entrada, acerto minhas contas contigo, nos dirigimos os três até o local. Apanham a camioneta e se mandam, certo? Daí para frente é tudo contigo mesmo. Só gostaria de pedir que, se tiverem mais mercadorias, vendam só para mim. Aqui pelo menos o negócio é honesto, sabe que recebe no ato em grana. Está bem assim?

— Melhor impossível. Vamos andando que a coisa aqui me deixa nervoso e preocupado.

Wallace deixou os dois no Rio se divertindo naquele resto de Domingo e voltou na Ponte Aérea mais tarde, ficando em São Paulo até no dia seguinte. Esperou o banco abrir e depositou a parte do Patrão em ordem de pagamento, e o lucro em uma conta conjunta com Chicão, iniciando o capital para compra do avião, como tinham combinado.

# CAPÍTULO 4

# A CONEXÃO

*A capacidade do homem inteligente pode ser influenciada por outros homens, menos inteligentes, mas com capacidade de conduzi-lo ao mal, exaltando sua vaidade e ganância.*

Chegando à Campo Grande, Benê procura a Delegacia da Policia Federal, um prédio grande, adaptado para as suas necessidades, com duas salas amplas, logo acima das escadas da entrada, com várias salas de escritórios laterais, além do centro eletrônico, depósito de materiais burocráticos. Assim que se atravessa a sala de recepção, já se depara com uma sala muito espaçosa, com diversas mesas, telefones e uma recepcionista muito atenciosa. Na parte de baixo, nos porões, ficavam as celas prisionais, onde se mantinham os presos capturados até que concluíssem o inquérito policial ou investigações preliminares. Era uma espécie de carceragem, mas sem muito conforto ou condições adequadas para muito tempo de detenção. Vez ou outra ouviam-se gritos ou lamentos de alguns presos, mas isto é o que menos importava ao pessoal da Federal, já bastante acostumado.

— Bom dia! Meu nome é Benê, sou de Brasília. Gostaria de ver o chefe, pode ser?

— Um momento, já vou anunciá-lo a ele. Chefe? tem uma pessoa aqui, de....

Antes de completar toda a frase, já veio a resposta:

— Manda entrar. Já vi o cara, sei quem é.

— Entra, Benê, como vai, homem? Já faz tempo que não o vejo, hem? Desde os tempos da Academia, não é mesmo? Que bons ventos o trazem.

— Martins, tudo em ordem? Sabia que havia sido promovido aqui para o Estado do Mato Grosso do Sul. Só não sabia que estava aqui em Campo Grande. Já faz tempo que pretendo fazer uma visita, mas não é fácil. Serviço nunca falta. Só agora, que tenho de resolver uns problemas particulares por aqui, é que resolvi ver como está.

— Agradeço a sua visita, meu amigo, mas não viria até aqui se não houvesse um bom motivo. Conta aí?

— Certo! Estou numa missão que eu mesmo pedi ao Departamento. Quatro rapazes da Civil, do interior de São Paulo, vieram disfarçados tentar descobrir um esquema aqui na fronteira com o Paraguai. Depois de apreenderem um carregamento de pó e erva na cidade de Dracena, em uma fazenda das imediações, prenderam um avião contendo uns trezentos quilos mais ou menos. Prensaram o piloto, e o cara deu com a língua nos dentes. Mas os rapazes, em vez de levarem ao conhecimento dos superiores, resolveram vir até a Fronteira e dar uma grande jogada, botar a mão no Chefão. Sonharam alto, não se prepararam devidamente e acho que deram com os burros n'água, pois a última notícia obtida dos quatro foi em abril, quando chegaram em Pedro Juan Caballero. A informação posterior que consegui foi que deixaram o hotel entre oito e oito e trinta do dia 20 na véspera do feriado no lado Brasileiro. Depois disso, só especulação. Se bem que nas minhas andanças por aquelas bandas nesta investigação, tenho sentido que a coisa não fica só nisso, tem alguma treta muito maior. O negócio é grande, mas muito bem camuflado.

— O que você imagina que seja?

— Muita droga e muita arma, e muita gente envolvida. Esse pessoal tem espião infiltrado em todo lugar, acho que até na polícia de ambos os lados. Ficam sabendo de tudo e qualquer movimento da gente. A polícia e o povo local não prestam nenhuma ajuda de interesse, só coisinhas miúdas. É muito difícil tirar qualquer informação ou ajuda dessa gente. E como estou disfarçado de comprador de gado e couro para um frigorífico paulista, não tive como me identificar. Fica mais difícil, mas mesmo assim algumas coisas tenho notado: o mais rico da região de Pedro Juan e da fronteira, dono de cassinos, hotéis, posto de gasolina, restaurante e fazendas, é Brasileiro, mora no Paraguai, nunca aparece, tudo está em nome de terceiros. Vim puxar a capivara dele, e também pedir a sua ajuda.

— Bem, estamos aqui para isso. Por falar em desaparecimento, chegou ao meu conhecimento que um pescador achou os restos mortais de um corpo no rio Paraguai ou em um de seus afluentes. Impossível identificar pessoalmente, porque só sobraram os ossos e algumas partes do corpo que não foram comidas pelas piranhas. Para se conhecer a identidade só se fizer exame de DNA. O que restou do cara está no IML de Ponta Porã, e foi mais ou menos nessa época que está me dizendo. Vou ligar lá e ver que fim levou. Se ainda estiver na geladeira, peço para não tomarem nenhuma providência até que chegue lá e dê uma olhada. Quem sabe não terá ali um começo.

— Ótimo... Assim, se for preciso, mando fazer o tal exame e já vou ter alguma coisa concreta nas mãos. E, se for possível, discretamente gostaria que no local onde encontraram este corpo fosse feito uma busca para tentar achar os outros três, nem que for só os ossos, pois estavam em quatro.

— Tudo bem. Vou mandar fazer isso, mas acho que você vai ter de se identificar como Policial Federal lá na fronteira e procurar trabalhar em conjunto com a Polícia local. E me diga qual é o interesse neste caso, se pelo que me consta estes rapazes eram policiais de outra área.

— É verdade, mas... um deles era, ou é, não sei, se ainda estiver vivo, o que duvido muito, meu primo. Tinha ingressado naqueles dias na corporação, e meu tio e tia estão desesperados, sem saber o que aconteceu. Aí me chamaram, contaram-me da péssima ideia que tiveram de se meter nesta aventura a fim de se promoverem. Partiram dizendo que tinham tudo planejado, iria ser uma barbada, acabariam com a quadrilha e prenderiam todo mundo. Ai! nunca mais voltaram ou deram notícias. Fui chamado pelos meus parentes, que são como pais pra mim, prometi ajudar. Voltei a Brasília, pedi uma licença de alguns dias, pois tinha esse direito e fui atrás dos meninos, mas até agora nada, nem uma pista sobre o caso, a não ser esta que está me dizendo agora, que pra seu governo vim saber aqui, contigo.

— Tudo bem, volte a Brasília, retorne à atividade, que eu vou ligar ao diretor e solicitar a ele que o coloque neste caso que vou lhe apresentar agora. Assim você pode matar dois coelhos com uma só paulada, certo? Investigar o tráfico de drogas e o desaparecimento destes garotos.

— Sem dúvida, pode falar que estou todo ouvidos.

— É do conhecimento do F.B.I. que chegou uma quantidade grande de Cocaína aos Estados Unidos. Partiu do Paraguai, passando pelo Brasil através do Pantanal, portanto acredito que tenha saído de Corumbá e não de Ponta Porã, camuflada em sacas de soja para exportação. Acreditam eles que foi enviada através das barcaças e de forma legalizada entrou nos EUA. Na Bolívia, estão trabalhando em conjunto polícia americana e boliviana. Numa incursão feita com intuito de destruir um laboratório na floresta boliviana, prenderam alguns nativos e puderam, com algumas torturas, arrancar informações de que quem compra a produção é um comprador forte do Paraguai, através de uma moça boliviana chamada Mercedes. A droga é levada a um tal de Bugrão, numa fazenda de Corumbá. Essa tal Mercedes mora em Quijarro, na fronteira da Bolívia com Brasil. Os gringos nos pediram ajuda e vamos participar desta. Daí para frente é com você: use o método que achar conveniente, mas descubra o mais que puder. O que precisar é só pedir. Afinal, além de colegas de profissão, somos amigos, certo?

— Fico muito agradecido, meu amigo, e já vou daqui direto à Brasília, no primeiro voo. E darei início às investigações imediatamente. Também fico devendo este favor do apoio em Brasília e as informações. Valeu!

— Espera! Antes me fale o nome do figurão do Paraguai, que por aqui vou tentar saber quem é o cara. Quando você voltar aqui já teremos em mãos toda a informação a respeito do sujeito. Vou também ligar para meu pessoal em Ponta Porã e pedir a eles que vejam o caso do seu parente. Se preciso for, até já providenciar o DNA dos restos mortais do indivíduo encontrado para sabermos quem é, e também o pessoal de Corumbá para ver se descobrem essa tal fazenda, quem é o sujeito que chamam de Bugrão e, se possível, pôr as mãos nessa Mercedes e tomar algumas informações, mais precisas.

— Caramba!..., pelo que vejo está a fim de entrar de sola neste caso. Hem, chefe? Bem, o nome do sujeito é Lúcio Martinez. Vê o que consegue na próxima semana, venho procurar o resultado. Só não entendo uma coisa, chefe: a distância entre Ponta Porã e Corumbá é uma cassetada, longe pra burro. Se bem que pelo rio Paraguai fica fácil, mas enfim, vou procurar saber sobre isso também.

Enquanto, naquele dia ainda, Benê embarcava no avião em direção à Brasília, em outro avião, no mesmo aeroporto, vindo de São Paulo, descia Wallace e Chicão, os dois com as cabeças cheias de ilusões e sonhos de enriquecimento. Visto que o primeiro negócio foi um sucesso, por que não seriam os próximos? Bastava organizar direito e não dar muita bandeira. Já na cabeça do Benê, repassava tudo que conversara com o Delegado Regional do Mato Grosso do Sul, e já começava a pensar por onde e como começar, ou seja, a entabular um plano. A distância entre as duas cidades deixou-o um pouco intrigado, mas para esta gente distância não é problema: o homem mora em Ponta Porã, ou perto de lá, e mantém seus negócios sujos mais distantes. Assim não aparece, só pode ser! Mas não tem nada não, vamos procurar descobrir, concluiu ele com seus botões.

Os dois amigos, portanto, tomaram um taxi e foram direto ao hotel. Instalaram-se e traçaram os planos para o dia e o resto da semana. Wallace ligou para o Bugrão, marcando um encontro para a sexta-feira. Assim teria tempo suficiente para correr atrás de uma casa para alugar, comprar dois carros novos, um para cada um, telefones celulares, enfim, se municiarem devidamente, pois agora já tinham algum capital disponível. O primeiro passo foi procurar a agência de automóveis onde tinham conhecimento. Compraram um carro do ano para cada um em cores diferentes. Wallace ficou com um luxuoso Chevrolet azul-marinho e Chicão ficou com o cinza. Deixaram a garagem, sentindo-se os donos do universo, compraram ainda novas roupas, sapatos, os telefones celulares e foram atrás da casa para alugar. Iriam instalar ali em Campo Grande o novo quartel-general. Com justa razão, ficariam no centro das atividades do narcotráfico internacional, entre Ponta Porã, de um lado, e Corumbá do outro, em distâncias mais ou menos iguais, partindo da Capital do Mato Grosso do Sul.

Na sexta-feira, chegaram em Ponta Porã no horário combinados, rumando para o escritório da organização, onde já estavam sendo aguardados pelo Bugrão.

— Como vão, meus amigos, tudo bem? A coisa parece estar muito bem realmente. Que elegância! Carro novo, é! Os tempos mudaram, não é mesmo?

— Sem dúvida! Como vai, cara? Bem, vamos ao que interessa, não é mesmo? Diz aí, o dinheiro chegou direitinho na conta, certo? Agora queríamos estudar mais algum negócio e começar já a montar o plano maior. Alugamos uma casa em Campo Grande, devemos mobiliá-la ainda esta semana, instalar o telefone, fax, enfim tudo que for necessário. De lá procuraremos coordenar toda operação.

— Correto. O Patrão quer que você faça um voo até a Colômbia. Isto, é lógico, com o avião dele. E quer ainda que vá fazendo isso, continuamente, até que tenham o seu próprio avião. Tudo bem? Carregamos o aparelho aqui com algumas mercadorias.

— O que seria estas mercadorias, perguntou o Piloto.

— Armas e munição. Chegando lá em território colombiano, descarregam e recarregam com novos produtos, operação rápida. Reabastece e volta imediatamente, não precisa nem descer do aparelho. Aterriza na fazenda do Patrão do outro lado quando retornarem. Essa mercadoria que trouxerem ainda será vendida por vocês aqui no Brasil, porque as próximas cargas serão acumuladas para exportação. Que me diz?

— Tudo bem! Vou descarregar onde esse bagulho, lá na Colômbia?

— Em Bogotá, nas barbas dos homens. Mas pode ficar tranquilo, dia, hora, tudo acertado. Comprador, polícia, políticos, tudo no esquema. Entra como medicamentos com nota de exportação, tudo certinho, e volta como inseticida, para lavoura.

— Que tipo de avião?

— Um Baron, velho conhecido seu, todo reformado, revisado, novo em folha. Vai gostar.

— É um bom avião, só necessita de pista, espero que na fazenda onde vamos aterrizar esteja tudo de acordo. A primeira vez que usei este aparelho foi o maior sufoco para decolar. Porém, não me decepcionou. É um pouco lerdo, mas aguenta peso, e quando vai ser isso?

— Segunda-feira. Você sai no cair da tarde, chega lá no início da noite e volta. o aparelho está equipado com GPM, fica fácil.

— Vai alguém comigo?

— Sim!... eu.

— Já estamos conversados quanto a isso, eu topo, passo o fim de semana aqui e vamos na segunda, agora podemos falar da tal conexão?

— Podemos. Este é o início de tudo, as outras coordenadas o Patrão já bolou tudo e são as seguintes: vocês precisam de uma fazenda com pista de pouso em qualquer lugar do Mato Grosso: sul ou norte, um avião para transporte, uma empresa de exportação de café, um local em Santos para depósito, documentação toda legalizada junto ao governo brasileiro, enfim, uma boa estrutura. Isto porque o gringo que compra tem no exterior uma empresa no mesmo ramo, de importação. E o negócio vai ser tão grande que compensará todo trabalho. Imaginem uma tonelada de pó a US$ 17.000,00 o quilo. É bom ir sonhando no que se consegue comprar com tanto dinheiro.

Chicão, que até o momento não havia aberto a boca, teve que segurar o queixo, e foi aí que se manifestou:

— Bem, gente, depois dessa só me resta fazer minha parte. Enquanto vocês se organizam para a viagem e entabulam seus preparativos, eu volto à Campo Grande, já com intuito de agilizar algumas coisas nesse sentido: fazenda, pista e tudo mais. Vou aproveitar e dar uma corrida até a casa de meus familiares. Afinal das contas, preciso mostrar meu sucesso, não é mesmo? Vou dar uma esnobada em Maracaju e, assim que você voltar, me ligue para vermos o que fazer com o que trouxer. Falou, companheiro?

— Tá legal. Vá lá dar suas esnobadas, mas cuidado com o que falar. Não vá se comprometer. E assim que chegar te ligo. Mas por falar em fazenda! (dirigindo-se ao Bugrão), você me falou de uma fazenda em Corumbá, com pista e tudo mais. Não poderíamos usar esta estrutura já pronta?

— Temos um problema, soubemos que estiveram batendo por lá. Deram uma boa prensa no caseiro. Ainda bem que o homem está por fora de tudo, mas mesmo assim sujou grandão. Vamos ter que dar um tempo, devo ir lá por aquelas bandas até amanhã sondar o ambiente.

Quando Benê chegou a Campo Grande na terça-feira, procurou um hotel e, em seguida dirigiu-se à Delegacia da Polícia Federal, indo direto à sala do regional, logo após se anunciar:

— Martins, como foi seu fim de semana e diga-me, alguma novidade?

— Calma, meu amigo, vamos por partes. Meu fim de semana foi ótimo. Liguei com Ponta Porã, ainda estão com o corpo, mas já tinham intenção de enterrar como indigente. Solicitei ao Juiz de lá, através de ofício da Policia Federal local, um mandato para verificações. Creio que já estão providenciando. Falei com o pessoal de Corumbá, pedindo providências quanto à fazenda, ao tal Bugrão e à moça boliviana Mercedes. Agora quanto ao figurão, é o seguinte: a família é toda de Manaus, já tem passagem pela polícia brasileira. Era piloto e foragido da Justiça e tem ordem de prisão decretada. O cara não pode circular livremente pelo lado brasileiro, pois corre o risco de ser preso. Não presta declaração de renda porque é naturalizado paraguaio. Conseguiu juntar uma enorme fortuna e não se sabe como. É uma pessoa respeitada do outro lado. Portanto, não vai ser fácil. Mandei alguém na fazenda em Corumbá e nosso pessoal foi com mandato e revistaram tudo por lá. Achei precipitado o trabalho, pois colocou o dono em alerta. Eles descobriram que o local tem um verdadeiro laboratório para o refino de coca, mas o caseiro não sabe nada sobre aquilo. Diz que não o deixam entrar lá nem para fazer limpeza, o que duvido, pois o lugar estava impecável. Deram um aperto no homem, andou dando alguns nomes. Agora sabemos que o tal Bugrão se chama Pedro e, por coincidência, também é de Ponta Porã, e que mantém um caso com esta Mercedes. Agora é só ir juntando as evidências. Gostaria que partisse para a fronteira: primeiramente verificar o caso do corpo ou do que restou dele, acompanhar as buscas dos outros três, que provavelmente tiveram o mesmo caminho. Sinto muito pelo seu primo, mas a realidade é esta. E, por fim, tentar saber quem matou, o que há por trás disso tudo, que agora me deixou com a pulga atrás das orelhas.

— Estas informações já me ajudarão muito, serão alguns subsídios a mais, e já tenho por onde começar. Agora, o problema vai ser trabalhar dentro do Paraguai e da Bolívia, como policial sem autorização dos governos destes países?

— Fica frio, vou tentar resolver isto também. Só que vai ter que trabalhar em conjunto com a polícia americana e, respectivamente, Paraguaia e Boliviana. Tudo okay?

— Claro! Não vejo problema, irão até ajudar mais. Bem! eu já vou nessa. Chegando lá, entro em contato com o pessoal da área e te dou um alô. Vou começar por Corumbá e Bolívia, em seguida sigo para Ponta Porã e Paraguai. Em Corumbá, as evidências me parecem muito fortes.

Enquanto isso, Wallace ainda estava levantando da cama no quarto do hotel em Ponta Porã. Estava tenso e a impressão que tinha é que desmaiou após a viagem à Colômbia. Nunca passou tanto medo e tanta tensão nervosa: pousar no aeroporto central de Bogotá, com uma carga de armamentos pesados e munições que dava para explodir a cidade. A adrenalina deve ter descido toda ao estômago, o coração parecia não caber no peito e o pior, mostrar uma tranquilidade que nem de longe existia. Portanto, na hora em que chegou ao hotel, deitou-se, realmente deve ter desmaiado. Agora iria levantar, tomar um bom banho e relaxar, senão certamente explodiria. Não se conformava absolutamente com a frieza dos colombianos descarregarem na maior tranquilidade, se bem que da cabine do avião dava bem para notar a tamanha segurança que foi arquitetada. Tinha um verdadeiro exército disfarçado de funcionários por todo o aeroporto, todos muito bem armados. Se acontecesse qualquer coisa, seria uma verdadeira guerra urbana, sem dúvida Wallace levantaria voo imediatamente e do jeito que fosse possível.

— E aí, meu camarada? Tudo em ordem, dormiu bastante?

Meio sonolento ainda, o telefone quase cai de sua mão

— Ô, cara! Agora tudo legal, mas estava a ponto de explodir, pode crer!

— Estou sabendo, mas foi tudo bem. O pessoal gostou do trabalho, nossa parte veio como foi combinado. Não tivemos falhas, portanto o Patrão manda um abraço e agradece. Como vai fazer com a que trouxe?

— O mesmo esquema do outro carregamento. Vou ligar para meu sócio e providenciar o que for necessário. Nem sei quantos quilos veio!

— O mesmo de antes, nem mais nem menos.

— Tá legal, te encontro em Campo Grande. Me liga assim que me mandarem para lá esta encomenda, já vai estar tudo no jeito. O que for de minha alçada estará pronto.

Nem bem acabou de chegar a sua nova casa, Chicão já foi enchendo de informações domesticas. Nem cumprimentou ou perguntou sobre a operação.

— Wallace!..., nesse tempo, mandei dar uma boa limpada na casa, comprei alguns móveis necessários, como camas, geladeira, fogão, enfim, o que é suficiente para entrarmos, inclusive alguns jogos de cama. Já podemos tomar posse. O que quiser mais você providencia, certo? Agora me diga, como foi lá?

— Tremo só de falar, foi uma barra, adrenalina a mil. Mas foi só o susto, o resto correu tudo bem. Trouxe no avião mais uma remessa que está vindo aí para nós. Vamos levar ao Rio como antes, e daí para frente montar nosso esquema novo.

— Por falar nisso, estive com o prefeito, aquele amigo que lhe falei. Tem uma fazenda joia nas imediações de Cáceres, no Mato Grosso. Só tem que construir a pista de pouso, tem quatro peões na fazenda, gente de confiança dele, casa, galpão, água, motor que gera energia. Está no nome do genro, que também está a fim de participar. Basta fazermos uma reunião e definir o que fazer e como fazer.

— Veja bem, Chicão, acha que este pessoal é de confiança? No primeiro aperto não vão entregar o ouro pro bandido e aprontar com a gente?

— Sem essa, amigo, os caras são ponta firme. Conheço-os há anos.

— Então... tudo bem. Vamos entregar esta remessa e na volta conversamos com esse pessoal. Lógico que antes vou falar com o Patrão sobre eles e a tal fazenda.

Esta nova remessa, já foi mais tranquila, já possuíam um melhor conhecimento, em função da primeira, então tudo transcorreu na maior normalidade, desde o transporte e da embalagem até a entrega, deixando-os ainda com mais confiança nos negócios futuros.

Ao retornarem a Campo Grande, Wallace resolveu levar a parte do Patrão em mãos, pois ainda gostaria de trocar mais algumas ideias com o Chefão e formar um melhor juízo de toda aquela trama. Assim sendo, arrumou as malas e seguiu para Ponta Porã. Chicão ficou para conversar com o prefeito e seu pessoal com o intuito de juntar o mais que pudesse de informações, e em seguida começarem a montar a firma, como costumavam chamar estas organizações.

Wallace encostou-se no balcão da recepção do hotel e, por coincidência, encostou-se também outro homem com caraterísticas mais ou menos iguais: morenos altos, cabelos castanho-escuros, daqueles que não desmancham nem com ventania, cortados bem curtos, mas de bom corte, os dois bem-vestidos, muito bem educados.

— Boa tarde, senhor Wallace, como vai? Desta vez, o senhor não demorou muito a nos tornar a visitar. Está pilotando para algum fazendeiro daqui ou já comprou seu próprio avião?

— Quem me dera, Sr. José, bem que gostaria de ter meu avião, mas as coisas andam difíceis, estou pegando um serviço aqui, outro ali e vou tocando a vida. Alguém ligou pra mim?

— Só o Bugrão. Ligou perguntando se tinha chegado, mas não deixou recados. Seu quarto é o trinta e seis, mais alguma coisa?

— Não! Tudo em ordem. Se voltar a ligar, diz que estou no quarto aguardando.

— E o senhor, Seu Benê, como está? Comprando muito gado? Do jeito que a coisa anda, comprar deve estar melhor que vender. Não é mesmo?

— Interessante, Sr. José, me parece que já conheço este moço que acabou de se hospedar, e ele não me reconheceu. Fiquei sem graça de perguntar diretamente a ele. Como se chama mesmo?

— Wallace, é piloto. Está sempre junto com o Pedro, aquele que chamei de Bugrão e que também mexe com gado, fazenda, mais ou menos o ramo do senhor. O piloto deve fazer algum trabalho para ele ou para o Patrão. Tem muita gente aqui que tem avião e não tem piloto. Esse pessoal sempre tem serviço, gostaria de saber pilotar.

Que ótima coincidência aquela: os dois chegarem juntos e Wallace ser atendido primeiro pelo recepcionista do hotel, por sinal bem falante. Deu a Benê informações inocentes, mas que jamais imaginaria ser tão úteis para um policial experiente e sempre atento a tudo que ocorre a sua volta, ligando imediatamente Bugrão à fazenda em Corumbá. Já havia ouvido em algum lugar o apelido Patrão, do outro lado da fronteira. Se não estava enganado, foi a Meire quem disse esse apelido. Agora o piloto aparece sendo procurado pelo Bugrão.

— Acho que nesse mato tem coelho?

— Falou alguma coisa, Sr. Benê?

— Não! Não! Só pensei um pouco alto.

— Sr. Wallace! Telefone para o senhor.

— Atendo aí mesmo, obrigado, ô cara! Não tem meu celular?

— Tenho, mas acho que você está sem bateria, cansei de ligar. Mas e aí? Vamos jantar e conversar?

— Certo. Onde e a que horas?

— Do lado de cá do Paraguai, no mesmo restaurante. Assim que chegar, estarei te esperando.

— Tudo bem, tomo um banho e vou para aí. Vou carregar minha bateria do celular. Se precisar, toca nele. Certo?

— Senhor Wallace?

— Pois não!

— Aquele senhor ali, lendo o jornal, disse-me que tem a impressão de o conhecer. Talvez queira saber de onde.

— Aquele ali sentado? Faz o que da vida?

— Trabalha com compra de gado para corte, é de um frigorifico de Araçatuba, no interior de São Paulo. Conhece?

— Nessas andanças já conheci tanta gente que nem me lembro. Deve ter feito algum voo comigo, não esquenta não. Vai ver que era falta de assunto.

E sem muito se importar com o fato, visto que era muito comum alguém dizer que o conhecia, fazia quantos anos pilotava por aquelas bandas e por tantos outros lugares, subiu direto ao seu apartamento a fim de se preparar para o encontro e colocar a bateria para carregar.

Enquanto isso, Benê dirigia-se à Delegacia Federal local para se encontrar com o Delegado, como também com o médico-legista para saber sobre o corpo encontrado e se apresentar agora como Policial Federal, que por sinal tinha o mesmo cargo de Delegado lotado na Capital Federal. Aproveitaria a oportunidade e se inteiraria dos demais fatos que se fizessem necessários. Ao chegar, foi logo se apresentando:

— Senhores, boa tarde, eu sou o Benê. Acho que já me conhecem, pelo menos de ouvir falar?

— Claro, Martins já nos ligou sobre você. Meu nome é Solano, este é o Dr. Gilson, nosso legista. Já o esperávamos, sente-se. Vamos conversar ou vamos direto ao IML., para que veja o tal corpo? Iremos conversando pelo caminho, o que acha?

— É, sejamos práticos. Vamos até lá e no caminho conversamos. Já está bastante tarde para estas visitas macabras, mas é um bom horário, pois penso que não encontraremos mais ninguém de fora, nenhum curioso. Não é mesmo, Doutor?

— Mandamos o material coletado dos restos mortais do indivíduo para São Paulo. Somente lá é possível realizar os exames de DNA. Tivemos que pedir à polícia de Dracena providenciar a coleta de sangue dos parentes das supostas vítimas, para verificarmos se realmente confere com algum deles. Estamos fazendo as buscas no local em que o pescador achou o corpo que temos. Isto através de bombeiros vindo também de São Paulo, são mergulhadores e especialistas. A população ribeirinha desconhece o trabalho destes bombeiros. Queremos que não haja especulações, como nos foi recomendado. Pensam que sejam do Ibama ou coisa parecida.

— Ótimo... assim é melhor. Mas gostaria também que ficasse tudo nas esferas da policia Federal, apelar para a polícia civil em última instância. Tem como ser assim?

— Pode crer, mas qual o motivo de tantos cuidados?

— A gente não sabe ainda até onde alcançam os tentáculos desta organização. Temos que ter cautela. Minha avó sempre dizia que cautela e caldo de galinha nunca fizeram mal a ninguém. Acredito que meu amigo Martins lhe falou sobre minha missão, o que me trouxe aqui, além do corpo encontrado?

— É... estou sabendo e concordo: todo cuidado é pouco, e por sinal já temos algo que conversar mais tarde sobre isto.

Quando o legista puxou a gaveta com o corpo dentro, logo concluíram que não seria possível fazer nenhuma identificação ou reconhecimento pessoal, a não ser que era de um indivíduo de cor branca. Nada além disso, pois o que as piranhas haviam deixado estava todo inchado e ferido por dentes. Eram partes que não ofereciam nada de vestígios pessoais. Pela arcada dentária também não seria possível, pois uma das causas mortis teria sido exatamente um tiro na boca, tendo estraçalhado as mandíbulas do finado. Só o DNA mesmo, e isso iria demorar um pouco.

— Bem, Doutor, tudo indica que o sujeito foi morto a tiros antes de ser jogado às piranhas?

— Sem dúvida, delegado. Na autopsia ou exame realizado, verificou-se que levou vários tiros pelo corpo. Os sinais estão evidentes nos ossos fraturados ou perfurados e conseguimos ainda achar algumas balas de armas de fogo incrustadas nos ossos, e dentro do crânio. Mandamos para a balística, assim saberemos de que arma saíram alguns dos tiros.

— É! O jeito agora é esperar, deixar o corpo na geladeira até descobrirmos de quem é ou quem foi, e mandar para a família o que restou dele. É uma pena, mas não nos deu muitas opções; do jeito que está, não vamos conseguir muita coisa.

— Vamos voltar para a delegacia, tenho um relatório para lhe entregar sobre o caso. Assim vai ter com o que se distrair à noite.

— Só se for bem mais tarde para eu ler seu relatório. Tenho um encontro do outro lado e já está ficando tarde. Vou acabar me atrasando e a gatinha não merece.

— Posso saber quem é a gata, delegado?

— Claro! Chama-se Meire, trabalha no setor de Turismo da Prefeitura de Pedro Juan Caballero, e vez ou outra canta na boate do cassino. E tem uma linda voz, além de outras coisas lindas também, que ainda pretendo conhecer.

— Sabe quem é o dono do cassino, Delegado?

— Não!

— Lúcio Martinez, o Patrão.

— É mesmo? Sabia que o cara tinha cassino, fazenda, e outras propriedades, mas este aí eu não sabia que era dele, e que este sujeito é o famoso Patrão. Aliás isto eu também estou sabendo agora. Já que tocamos no assunto, gostaria que verificasse para mim a ficha de um tal Wallace, que é piloto. Enfim, vou deixar por escrito na delegacia para você puxar a capivara do elemento. Acabei de conhecê-lo no hotel, estava chegando de Corumbá, onde fui fazer algumas investigações antes de vir encontrar-me com você. Fiquei muito intrigado em relação à distância Ponta Porã - Corumbá, pois surgiram vestígios de uma possível ligação de gente de lá com gente daqui, e achei melhor começar por lá.

— Conseguiu alguma coisa?

— Nada que pudesse comprometer alguém: a fazenda investigada foi comprada de posseiros há algum tempo e não foi ainda transferida. O suposto dono deve ter procuração, se tiver não vai me mostrar. Uma moça chamada Mercedes de Quijarro desapareceu. Só me restou um sujeito que diz ser químico e descobri em um papo com o empregado da fazenda. Disse-me ainda que trabalha para o indivíduo que chamam de Bugrão. Fui falar com ele e o máximo que pude saber é que este tal elemento mora aqui em Ponta Porã. É o braço direito deste famigerado Patrão. Agora estou ouvindo de você o mesmo apelido que está ligado a Lúcio Martinez. Acho isto muito interessante, mas por enquanto não me leva a lugar nenhum, sem provas não posso pôr a mão no homem.

— Bem! Me dá o seu relatório aí, que vou ler mais tarde. Está bem assim? Foi bom me falar da relação da Meire com o Cassino do Patrão, que vou descobrir, já, se ela foi plantada no meu pé com a finalidade de saber quais são as minhas intenções. Valeu, colega. Até mais, Doutor, vou indo.

Neste momento, Wallace estacionava seu carro diante do restaurante onde já estava sendo aguardado pelos dois chefes. Entregou a chave ao manobrista, rogando cuidados com seu carro novo. Foi logo abordado pelo garçom.

— Tem reserva, senhor?

— Já. Estou sendo aguardado, obrigado.

— Boa noite, senhores, espero não os ter feito esperar muito.

— Boa noite, Wallace, está ótimo. Vai beber alguma coisa ou quer ir direto ao prato que vai escolher?

— Não, vou tomar um Whisky com gelo. Bastante gelo, por favor!

— Trouxe o dinheiro?

Está na pasta, tudo certo, se quiser conferir?

— Não! O melhor é mexer com isso em casa, se bem que é uma tremenda imprudência carregar esse mundo de dinheiro em mãos. Se te pegam, não tem como explicar, mas por outro lado é melhor, pois assim não aparece na conta um volume tão alto. Mas vamos aos fatos novos, esse já é passado. Vejamos o que tem para falar e o que lhe interessa saber?

— Certo! Tenho três porquês e alguns senões. Primeiro: por que escolheu a gente para esse negócio, segundo: por que não podemos usar a fazenda de Corumbá, que já tem pista e tudo mais; e por que o negócio com os colombianos se estamos tão perto da Bolívia?

— O primeiro: você é piloto e as informações foram ótimas; não iria fazer nenhum negócio contigo, se não soubéssemos até a hora que gosta de ir ao banheiro. Segundo: a fazenda de Corumbá estava nos planos, mas, como Pedro já lhe falou, vamos ter que dar um tempo em relação a ela. Os Federais, já estiveram lá por umas duas vezes que eu sei. Pedro esteve lá nesta semana sondando o ambiente e ficou sabendo que quando pegaram os colhas na Bolívia, não aguentaram o aperto e andaram soltando a língua. Temos uma garota por aquelas bandas que era o nosso principal elo de ligação, tive que tirá-la de lá meio as pressas para não ter maiores problemas. Enfim, lá já era. Terceiro: o negócio com os colombianos já vínhamos cogitando há muito tempo, sem contar o fornecimento de armas aos guerrilheiros, que é muito lucrativo. E há também o fato de que a mercadoria dos bolivianos deixa a desejar. E depois, estávamos tendo um prejuízo enorme com eles fornecendo os produtos químicos. Foi aí que resolvemos diminuir, não acabar os negócios com aquele povo, ficou claro? Agora preciso que você monte uma boa estrutura, porque os nossos negócios tem dimensões internacionais, terão que abrir uma empresa de exportação nas áreas de café, ter seu próprio avião, uma fazenda com pista e pessoal para prensar, pesar e ensacar, caminhão para transportar, enfim, total organização.

— Entendi, mas esta firma tem que ser aberta como?

— Simples! Temos um amigo em Manaus, contador, despachante e é do ramo com vasta experiência. Você vai até lá, encontra-se com meu irmão e será apresentado a esta pessoa. Explica o que quer e o resto é tudo com ele, vai ter tudo nas mãos: a firma no nome de laranjas, conta bancária fria, registro no Banco do Brasil, setor de exportação, e tudo o que mais precisar. Só não quero meu irmão no negócio. Bom assim?

— Entendido. Agora ouça: o Chicão tem um pessoal que diz ser amigo dele há longa data. Um é Prefeito numa cidade do interior mato-grossense-do-sul. Tem uma fazenda nas imediações de Cáceres, sentido Pantanal, grande, isolada. Só não tem a pista de pouso, mas isto é o de menos, podemos construir um bem rápido. Só preciso obter algumas informações sobre essa gente, eu não a conheço.

— Me passa os nomes, escreve-os todos, o resto é comigo mesmo. Mas escuta um bom conselho: monta uma firma quente no seu nome e de seu sócio, qualquer coisa ou ramo de negócio para lavagem do dinheiro. Senão começa a chamar muito a atenção: viagem para lá e para cá, carrão, roupas caras. Os tiras não são bobos, vai por mim.

— Tem razão, vamos aproveitar o contador e seguir seu conselho, mas vamos ter que continuar fazendo alguns pequenos negócios em paralelo, para manter as despesas, que vão ser muito grandes.

— Como lhe disse, na Bolívia não encerramos, só diminuímos. A mercadoria não é de primeira, mas para virar pedra de craque é o ideal. Pelo que sei você é bom nisso. Agora vamos indo que temos muito que fazer. E mais uma coisa: ia me esquecendo de dizer a você Pedro, a Meire comunicou que aquele tira disfarçado de comerciante está na área novamente. Dê uma olhada sem precipitações, certo?

# CAPÍTULO 5

# EVIDÊNCIAS

*Todos são iguais perante a lei. Alguns são mais iguais que outros, e abusam da lei. Outros fazem suas próprias leis. E existem aqueles que se sentem acima da lei. Porém, para todos haverá "Justiça".*

Chegando à Delegacia Federal de Ponta Porã, na manhã do dia seguinte, Bene, foi logo dizendo:

— Escuta esta, Delegado. Ontem, antes mesmo de ir encontrar-me com a moça, não resisti a curiosidade e li todo seu relatório. Claro, cheguei um pouco atrasado, mas apresentei uma boa desculpa. Levei a garota para jantar, qual não foi a minha grande surpresa, em uma das mesas estavam juntos, o Patrão, o Bugrão e o Piloto. Assim que os vi não deixei que notassem a minha presença. Além de disfarçar muito bem minha ansiedade, procurei uma mesa meio às escondidas, de onde pudesse vê-los claramente. Nunca havia antes visto o tal Patrão nem o Bugrão, mas como já conhecia de vista o piloto, logo imaginei quem seriam. E assim, disfarçadamente, disse à garota que tinha conhecimento de que aquele sujeito possuía muitas cabeças de gado, era criador forte na região e ainda não tivera oportunidade de conversar com ele sobre isto. Foi quando ela me falou:

— Parece que o patrão não negocia direto com os compradores, só o gerente faz os negócios. — Ai lhe disse: Tudo bem! Mas quem é o gerente? E ela respondeu-me:

— Aquele mais forte ao lado dele, o Pedro, chamam-no pelo apelido de Bugrão. Todo negócio é feito com ele mesmo. — Ai já liguei tudo: realmente a moça conhece o cara e o sistema, os três juntos! Alguma coisa grande existe pairando nos ares, mas infelizmente nenhuma evidência mais contundente, o cara é fazendeiro, o Bugrão é o gerente, o piloto trabalha para os dois.

— Olha, Benê, sobre as atividades deste cara nós não temos dúvida, só não temos provas. Creia, foi puro golpe de sorte ter encontrado os três juntos, o homem nunca aparece. Mas, e aí, o que me diz do relatório?

— É interessante! Principalmente no que trata sobre o monitoramento, feito sobre o avião que decolou daqui, foi até a Colômbia, retornou, pousou em algum lugar do outro lado da fronteira. Tudo isto no mesmo dia, ou melhor, na mesma noite. Alguns dias depois chega uma grande remessa de coca no Rio de Janeiro, saída destas bandas. Consta também nele que alguns dias passados foi entregue uma outra grande quantidade, também passada por este Estado, recebida com um enorme aparato pelos traficantes dos Morros. Na noite de ontem, encontro os maiores suspeitos jantando juntos. É! Podemos ir juntando os pontos e ficar de olho. Como souberam tudo isto? E quanto ao piloto, que me diz?

— Mandei verificar a vida dele, já sabemos que esteve preso em São Paulo, por tráfico de drogas, mas foi absolvido. Está morando no interior paulista, em Vinhedo. Ainda não temos o endereço, mas até na próxima semana teremos a ficha completa. Vamos continuar investigando, sempre vamos ter alguém nos pés destes meninos até darem uma vacilada. A respeito das entregas no Rio, temos informantes por lá, mas estão chegando sempre depois as informações. Teremos que verificar o porquê disso. Bem... mas, voltando ao caso dos rapazes desaparecidos, já temos o resultado do DNA. Não é do seu primo, mas é de um dos rapazes que estavam com ele. Chamava-se André Luís, eram amigos antes até de entrarem na polícia. Ainda não encontramos nenhum dos outros três corpos, mas vamos continuar procurando. É de nossa absoluta certeza que foram todos assassinados. Em Corumbá, colocamos um homem para vigiar o tal químico, achamos melhor não o prender agora e deixá-lo como isca. Se for procurado, caímos em cima.

— Tudo bem, o que temos ainda é muito pouco, mas vamos continuar sondando. A bala retirada do crânio do falecido pode ser útil, vou precisar deste exame de balística e saber precisamente que arma é que foi disparada. Daí chegamos ao assassino.

— Além do jantar romântico, tirou mais alguma coisa da gata?

— Cheguei à conclusão de que ela sabe perfeitamente quem eu sou, o que estou fazendo e que a menina está muito ligada ao Patrão, como quase tudo naquela região. Esta semana vou dar um tempo com ela e dar uma rodada sozinho por aí, fazer um levantamento da vida deste homem e do seu braço direito, o que possuem, o que fazem e como fazem. Sei que não será nada fácil, mas vou tentar. Por falar nisso, o piloto deixou o hotel hoje bem cedo e seguiu rumo a Campo Grande. Está com um carro monza azul-marinho placa MS 0151. Vejam isto para mim, por favor.

Wallace chegou, foi direto para a casa de Campo Grande. Chegando pela hora do almoço, entrou na garagem. Enquanto fechava os portões, notou uma camioneta Ford. F.1000 bem em frente à casa. Virou-se e Chicão, já com a porta aberta, foi-lhe perguntando:

— E aí camarada, tudo em ordem? Chega aqui, vou lhe apresentar o prefeito e o genro. Vieram almoçar aqui conosco para falarmos sobre nosso trampo.

— Ótimo, vamos lá conhecer o pessoal e saber qual é a deles.

— Wallace... meu sócio, este é Gentil, o prefeito do qual lhe falei, e Maurício, seu genro.

— Como estão? Muito prazer. Chicão já vem falando de vocês há algum tempo, e diz que pretendem entrar conosco neste empreendimento. Mas gostaria de saber se estão bem cientes dos riscos, porque dos benefícios sei que não existe dúvidas; e como seria se acontecesse alguma coisa errada na fazenda?

— Bem, respondeu o prefeito. Primeiro, muito prazer; já ouvi muito sobre você. Quanto aos riscos, já sabemos muito bem tudo que pode acontecer. E se acontecer na fazenda, é tudo comigo mesmo, eu seguro a bronca. Afinal das contas, sou um homem ou um saco de batatas?

— Sendo assim, ficaremos mais tranquilos. Mas para que não tenha que mostrar se é homem ou não, vamos fazer a coisa da melhor maneira possível, discretamente, sem muito alarde ou ostentação para não dar bandeira. O Chicão já disse a vocês qual é o negócio e o que nós pretendemos?

— Falou, mas não todo o esquema, por isso estamos aqui!

— Certo! Vamos precisar da sua fazenda. Primeiro passo: construir uma pista de pouso nela; segundo passo: abrir uma empresa de exportação de café; outro: comprar um avião para buscar a mercadoria na Colômbia e descarregar na fazenda, um caminhão de transporte, balança para pesagem do café e prensa para embalar a mercadoria. O avião tem que ser comprado no nome do Maurício, visto que a fazenda está no nome dele, e teremos que comprar o aparelho financiando uma parte, senão gastamos todo o dinheiro no avião e não sobra para as outras despesas. Sei que vão perguntar da grana, então já vou dizer: o lucro será dividido em duas partes, metade do Patrão, metade nossa. A nossa metade dividimos em quatro; só que as despesas que tivermos será toda dividida em partes iguais. Se não tiverem dinheiro para investir, nós colocamos, depois será reembolsado da parte de vocês. Fui claro?

— Só queria saber por que abrir uma firma de café, se a nossa região não produz café?

— Primeiro, que a cocaína cheira barbaridade e o café mascara o cheiro da coca. Segundo: o nosso comprador de Miami tem uma firma de café como fachada, e não vamos fazer a abertura aqui e sim em Santos, São Paulo. Mas vamos ter que comprar o café em Minas Gerais, levar para a fazenda. aonde tiraremos das sacas, colocamos alguns pacotes de pó e reembalamos com exatamente o mesmo peso de origem, para não despertar suspeitas. Por isso teremos que ter lá uma balança comercial. Está claro, agora?

— Só temos dúvida quanto a firma: de que forma e no nome de quem vai ser aberta?

— Tá legal! Esta parte deixe comigo. Estou de saída, ainda hoje, para Manaus, onde devo encontrar um contador que providenciará toda esta documentação para nós. A firma será aberta em nome de laranja, sem comprometer nenhum de nós. Só o avião que não tem jeito, tem que ser quente. Mas não acredito que tenhamos problemas. Hoje viajo a Manaus e na volta iremos atrás do avião. Logo a seguir, daremos início à construção da pista. Lógico, assim que conhecer sua fazenda, fazer a topografia do terreno e encontrar o melhor local para a pista de pouso.

J.L. já esperava no Aeroporto de Manaus quando Wallace desembarcou.

— E aí, meu camarada, como tem andado?

— Ô cara, tudo bem? O voo deu uma atrasadinha, mas tudo pela ordem.

— Já são quase 20 h. quer jantar ou prefere ir ao hotel tomar um banho e depois saímos?

— Ontem, quando te liguei, marcando minha vinda, pedi que ligasse pro contador. E aí?

— Está tudo certo, só que temos que falar com ele amanhã pela manhã. Hoje não dá, o cara tem compromisso. Pode ser?

— Sem problema. Vamos ao hotel e depois a gente sai para jantar e dar umas voltas, conhecer a praça. Não acha melhor?

— Sem crise, vamos nessa.

No dia seguinte, logo depois de apanhar Wallace no hotel, seguiram até o escritório do contador.

— Fala, J.L! Como vai, homem? Você é o Wallace, o Piloto? Certo... sou Romildo, vamos entrar na minha sala. Ficamos mais à vontade.

— Sem problema, vamos lá!

Neste meio tempo, a Polícia Federal de Campo Grande já havia recebido as informações de todo o movimento dos colegas da fronteira, indícios de uma nova conexão criminosa, e o que se pretendia da parte dos investigadores da Capital, como relatório completo dos elementos investigados e o pedido para tentar descobrir algo sobre o Piloto. Com a placa do carro na mão, tiveram facilitada a tarefa. Imediatamente descobriram onde foi comprado, e que foram comprados dois carros. Portanto, o piloto não estava só nesta história. Foram fundo nas investigações e descobriram que tinha um sócio e que estiveram presos juntos no Carandiru, em São Paulo, que alugaram uma boa casa na Rua 14 de Julho, 1246, em Campo Grande. De posse destas informações, Martins, mais que depressa, ligou ao Benê, pegando-o na Delegacia de Ponta Porã:

— Tudo bem camarada? Tenho notícias.

— Ótimo! Bom te ouvir, Martins. Diz aí, quais são as novas?

— Já sabemos algumas coisas sobre seus suspeitos: são dois sócios ou parceiros, alugaram uma casa aqui na cidade, compraram dois carros, torraram uma nota em roupas, dois telefones celulares. E o parceiro do piloto chamam-no de Chicão, está comprando um telefone fixo na Telems. Já coloquei um elemento meu no caso, vai entregar, instalar e grampear o aparelho fixo. Os celulares já estão sendo monitorados. Ontem, depois que o piloto chegou, teve um encontro na casa. Não sabemos quem são ainda, mas logo saberemos. E em seguida reservou passagem aérea para Manaus, saindo no voo da tarde. Faz algum sentido para você?

— Claro, Martins! Não se lembra que você levantou a ficha do Martinez, o tal Patrão, e que a família do cara é toda de Manaus. Logicamente, tem alguém da família metida no rolo. Dá para sabermos qual a ligação em Manaus?

— Posso tentar. Não vai ser fácil, a cidade lá é grande pacas. Tô ligando lá, vou pôr o pessoal de lá no encalço do homem. Qualquer novidade te informo e o que precisar me liga, tá legal?

— Certo amigo. Não sei como agradecer, mas se precisar eu peço, fica frio. O trabalho até agora está indo bem, só gostaria que seus homens não tomassem nenhuma iniciativa de interceptar os caras ou despertar qualquer desconfiança. Vai dando corda que eles se enforcam. Se os assustar agora, podemos perder o fio da meada. E meu pressentimento é que o negócio é bem grande, segura as pontas aí, que eu sigo por aqui. Okay?

— Deixa comigo e até mais tarde.

A conversa entre o contador e Wallace se seguiu até a hora do almoço, quando ficou resolvido que no período da tarde o contador já iria providenciar a papelada de abertura da firma. Viajariam juntos a São Paulo, onde procuraria seus contatos para conseguir a documentação dos supostos laranjas; montariam o processo de abertura da firma de exportação; desceriam a Santos com a finalidade de alugar um salão comercial. Ele não poderia ser muito pequeno, teria que pelo menos caber o caminhão dentro na hora de descarregar. Com este endereço, já daria entrada na abertura da nova empresa, cujo nome escolhido foi Brascafé Imp. e Exp. Ltda., nome pomposo que era fundamental no caso. Assim decidido, foram almoçar em um restaurante típico da culinária Amazonense. Em seguida, J.L. levou Wallace para conhecer a cidade, com o intuito de passar o tempo até que o contador resolvesse sua parte nos preparativos. Deixaram combinados de sair à noite, tinham pressa em resolver tudo e dar início o mais cedo possível à sonhada conexão.

Do aeroporto de Manaus, Wallace ligou ao Chicão, queria informações se já havia providências tomadas em relação à pista na fazenda, enfim, o que já estava sendo resolvido nesse sentido.

— Ô, cara! Como é que anda a coisa por aí? Estou falando do aeroporto, estamos saindo para São Paulo no voo das 19,30 h, eu e o contador. Já acertamos tudo por aqui na teoria, agora partimos para a prática. só chego aí no fim da semana.

— Sem problemas, a Cia. Telefônica, que já instalou o nosso telefone fixo. Anota aí: 067 7411515, inclusive o fax. Quanto ao restante, o Prefeito pediu ao genro e ao sobrinho seguirem até Cáceres, comprarem um trator de esteira, que na fazenda tem quem maneja a máquina. Foram de camioneta para já levarem óleo combustível suficiente. Só aguardamos sua visita à fazenda para determinar qual o melhor local para construir a tal pista, pois eles não têm ideia do cumprimento, largura nem onde vai ser a cabeceira. Isto vai caber a você determinar.

— Beleza... chegando aí resolvemos estas partes, até mais tarde.

A campainha estridente do telefone no quarto do hotel insistiu várias vezes, até ser sacada do gancho, Benê ainda se enxugando, pois saíra do banheiro apressado, com o telefone preso no pescoço pelo ombro e a cabeça pois permanecia com as mãos ocupadas com a toalha. — Sou eu. Fala!

— Benê? É o Martins, escuta esta: lá em Manaus não foi possível descobrir nada em especial. Mas como lhe havia falado anteriormente, os caras estavam comprando um telefone, e um homem meu fez a venda, outro foi instalar. Já metemos o grampo no fone e já grampeamos também o celular do elemento. E captamos uma conversa do piloto, falando com ele de Manaus, dizendo que sairia com um contador às 19,30 h, para São Paulo. De lá desceriam a Santos para alugar um salão comercial. Até aí nada de especial, mas o sócio daqui disse a ele que o prefeito mandou o genro comprar o trator de esteira para construir uma pista na fazenda. Só não sei ainda onde fica essa fazenda, nem tampouco quem seja o tal prefeito, tem alguma ideia ou informação sobre isso?

— Não... nada. São informações boas, mas sem consistência. Pelo menos por enquanto não podemos fazer nada. Se os caras estão montando uma firma para trabalhar. e construindo uma pista em uma fazenda longe, teremos que ficar de olho. O sujeito é piloto, portanto, nada mais justo que se trate destes assuntos. Temos que saber que tipo de firma, com que finalidade, e como arrumaram tanto dinheiro em tão pouco tempo. Se estiveram mais de um ano na cadeia e estão a menos de um ano na rua, estão mantendo fortes ligações com o Chefão das drogas aqui na fronteira. Tudo são indícios, mas não provam nada. Temos que continuar e pegá-los com a mão na massa, vê se consegue saber quem é este prefeito, enfim, vai colhendo informações por aí, que vou procurando por aqui. Lá em Corumbá, tudo indica que deram uma esfriada nos negócios. Acho que tinha razão quando disse que foi prematura a invasão da fazenda, espantou os caras. Penso que estão esperando a poeira baixar. Porém, o que não podemos é desanimar, vamos continuar procurando, até poder botar a mão nestes bandidos. Certo, companheiro?

— Certíssimo. Vou continuar por aqui e tentar descobrir mais algumas coisas, inclusive este tal prefeito, que pode ser um apelido do sujeito. Falou Benê! Deixa comigo, um abraço.

Em São Paulo, como em Santos, a coisa foi mais fácil do que se esperava. Com uma propina aqui, molhando a mão de outro ali, mais as ligações do contador nos meios burocratas, alugaram o salão e deram entrada nos papéis de abertura da firma. Bastaria agora aguardar a inscrição federal e dar continuidade na área estadual. Enquanto isso, iriam providenciar outras coisas em Campo Grande: descobrir como fazer para comprar o café e transportar até a fazenda de Cáceres, uma experiência nova: e resolver o problema da pista de pouso: além de voltar até a fronteira para tratar dos finalmente. Mas antes disso tinha o avião. Poderia, já que estava em São Paulo, dar uma corrida até Valinhos e já segurar o negócio do aparelho que viram anunciado para venda e que interessava e muito: um Cessna seminovo, bem equipado, com rádio GPS. e capacidade para mais ou menos 600 quilos. Excelente, não poderiam perder.

Ficou basicamente acertada a compra do aparelho. Voltaram a São Paulo e imediatamente embarcaram em direção a Campo Grande, tendo chegado na sexta-feira já à noite. Chicão esperava no aeroporto, e dessa vez o avião não apresentou atraso. Dirigiu-se a eles com a finalidade de ajudar nas bagagens. Chicão foi tomando a iniciativa.

— E aí? Foi boa a viagem, resolveram tudo?

— Foi um bocado corrida, mas tudo em ordem. Este é Romildo, nosso contador. Chicão, meu sócio.

— Prazer em conhecê-lo, de nome já o conheço.

— Tá legal, vamos nessa. Romildo ficará uns dias com a gente. Os papéis estão em andamento e ele quer dar um giro conosco aí pelo mundo. Na semana que vem iremos até à fronteira, precisamos trocar algumas ideias com o Patrão, ver como anda o movimento por lá.

— Vamos quando conhecer a fazenda? O genro do prefeito ligou, já compraram o trator, e já foi entregue. Toda ferramenta necessária está na mão, até motosserra, pois tem uma parte da fazenda que é mata fechada, se precisar cortar algumas árvores. Compraram madeira e telhas para o hangar. Só não sabemos se será suficiente.

— Ótimo. Já fui ver o avião, está do jeito que precisa, em perfeito estado de conservação, pronto para trabalhar. Deixei tudo preparado para fecharmos negócio. Assim que voltarmos da fronteira, vamos aproveitar a presença aqui do Romildo e organizar o que for necessário de documentos, escrituras e tudo o mais para o financiamento. Quero ir até lá com o Maurício e já voltar voando naquela gracinha. Teremos que fazer tudo muito bem feito, visto que vamos enfiar todo o dinheiro que ganhamos nisso, e o retorno tem que ser compensador. Estou entrando de cabeça e não quero morrer afogado.

— Que é isso, cara! Temos que ser otimistas. Até agora foi tudo bem, daqui para frente vai ser muito melhor.

— Conto com isso de coração; e não é pessimismo, cara, é realismo. Temos que estar preparados pra tudo.

— Tá legal... E quando vamos conhecer a fazenda? Preciso marcar com o prefeito, não sabemos como chegar até ela, ele terá que ir junto.

— Tem razão. Vamos descansar amanhã e iremos no domingo. É bom que levemos material de topografia, conheço aqui quem tem e pode nos emprestar. Na hora em que sairmos amanhã passo por lá e pego. Entra em contato com o prefeito e marque para domingo nossa partida.

— Deixa comigo. Temos que sair de madrugada, passamos pela residência dele e de lá seguimos viagem. É chão que não acaba mais, vamos pegar inclusive um trecho de estrada de terra. Pelo que ele já me adiantou, vamos chegar tarde da noite, é bom que estejamos bem descansados.

Naquela mesma noite, o piloto ligou para o Bugrão:

— Ô, cara! É o Wallace. Tá onde?

— Na estrada, fala.

— Que é? Preocupado?

— Não, nada sério, só meio cansado, pode falar.

— Domingo estarei indo conhecer a fazenda. Fico lá uns dois ou três dias. Em seguida vou para aí, avisa o Patrão que o contador vai comigo. Quer abraçá-lo pessoalmente. Chegando aí conversamos mais, certo?

— Sem erro, te aguardo na quinta — ainda com a voz um tanto carregada de preocupação ou desconfiança de alguma coisa que Wallace percebeu na primeira resposta.

Bem, ficaria sabendo no próximo encontro. Nesse ramo sempre tem algum probleminha.

Mas o problema parecia ser bem mais sério, dias antes o Turco Ligou ao Patrão.

— Martinez? É o Turco. Fiquei sabendo de algumas coisas que podem lhe ser úteis. Sei que está pensando o que deu em mim de lhe ligar, não é mesmo? Vou lhe dizer, não morro de amores por você, mas para afrontar os tiras a gente tem que esquecer as diferenças e se unir, concorda?

— Certo! Agradeço a deferência, mas vamos aos fatos, que é que você tem a dizer?

— Você sabe, tem gente minha misturada com os tiras, certo? Daí fiquei sabendo que acharam um corpo, ou pedaços do que restou dele por um pescador. O pobre diabo tinha sido comido pelas piranhas, mas no que sobrou fizeram aquele exame de DNA e descobriram que era de um tira de São Paulo, que veio com mais três elementos. E o pior, descobriram que o cara levou um monte de tiros antes de ser devorado pelos peixes. O que sei é que na última vez que viram os caras, estavam saindo do seu hotel. Tem um sujeito que viu quando eles saíram e com quem saíram. Tem também um tira da Federal, que é parente de um dos desaparecidos, e está a fim de pôr as mãos no assassino. O cara sabe também que os meninos estiveram no seu cassino na noite anterior. Enfim, é bom se cuidar, não acha? Tem coisas que têm que ser resolvidas na diplomacia. Não podemos ser muito radicais, seus homens por qualquer coisa já vão metendo bala.

— É, agradeço por tudo, e fico devendo essa pra você, qualquer dia retribuo. E não teve mais nenhuma conversa?

— Parece que tem alguns mergulhadores procurando os outros três, mas até agora nada e não consegui saber muito, pois os caras estão ariscos. Meu informante ficou sabendo por boca de terceiros, os federais não estão se abrindo muito não.

— De qualquer forma, mais uma vez obrigado, vou mandar sondar isto mais de perto.

Depois que o Patrão levou ao conhecimento do Bugrão, este ficou preocupado. Não esperava por essa e, assim que desligou o celular ao terminar a conversa com Wallace, se questionou:

— Pombas, deveria ser mais cuidadoso — perdeu-se em seus pensamentos o famigerado Bugrão. — Como fui dar essa vacilada!

— É... mas como poderia adivinhar que aqueles pobres diabos tinham parentes na Federal. Agora já era, o negócio é bola pra frente, vou ter que assinar esse B.O. O que eu não posso é deixar transparecer minha preocupação. Até o piloto notou por telefone. Se tiver que encarar os tiras fica ruim, tenho que me controlar melhor.

Realmente! A viagem foi bem cansativa, resmungou por outro lado o piloto, logo que chegaram à fazenda. Ainda tiveram de aguentar o prefeito roncando o tempo todo ali no banco ao lado do motorista. Se agir assim na prefeitura, coitado do povo, mas é problema de quem elegeu o cara. Chegaram antes do escurecer, mas nada poderia ser feito, pelo adiantado da hora, a não ser dar uma pescada no rio mais próximo, por sinal bastante piscoso. Desceram as bagagens e foi logo dizendo, Maurício:

— Agora não quero pensar em trabalho, quero pescar. Já faz dois anos que não arremesso um anzol no rio.

— Sem problema, trouxe sua traia? Se não trouxe, aqui temos tudo, já vou pedir ao capataz para providenciar iscas e vamos embora. Ah!... este você ainda não conhece: meu primo por parte da esposa.

— Ô cara, tudo bem. Vai pescar com a gente? Vou botar uma roupa mais adequada e já descemos.

Chicão se encarregou de apresentar o contador e fazer o meio campo com o pessoal da fazenda, porque a preocupação de Wallace agora era outra: alguns drinks e uma boa pescaria. Saiu recomendando que se preparassem para comer peixes na janta, porque era muito bom de pesca.

O prefeito ainda se virou aos outros e disse, referindo-se ao piloto:

— Caramba! Depois de uma viagem desta, o cara ainda tem disposição para beira de rio. Quando deitar na cama e dormir, nem bomba acorda o homem.

A previsão foi perfeita: quando acordou no outro dia, o sol já estava à pino. Levantou-se, tomou um café preto, e já foram escolher o melhor lugar para preparar a pista de pouso. Foi nesta oportunidade que conheceu os quatro empregados da fazenda. Por sorte, um deles já havia trabalhado com máquinas pesadas, na construção e reparos de estradas, e seria o encarregado de manejar o trator. Isto inclusive chamou a atenção do piloto, levando-o a perguntar ao tratorista:

— Ô cara! Por que veio se enfiar nesse fim de mundo? Com sua profissão, acredito que para você não falta emprego nos centros maiores.

— É verdade, inclusive já trabalhei com o prefeito na cidade, mas tive uma treta com um cabra, fui obrigado a enfiar algumas balas no infeliz. Vim fugido pra cá, eu e os outros.

— Entendi... tá limpo! Pelo menos em questão de consciência estamos todos no mesmo barco.

Trabalharam duro aqueles dias, fizeram toda projeção, tanto da pista, como do barracão onde deveriam descarregar o café, para ser preparado para a exportação. Deram início à terraplanagem e preparação do solo. Certamente não seria asfaltada, seria bem rústica, mas ofereceria a suficiente segurança para uma aterrissagem perfeita, sem maiores riscos.

Tomadas todas as providências, marcaram, Wallace e Maurício, de se encontrarem em Campo Grande na semana seguinte, terça ou quarta-feira.

Seguiriam para Valinhos para tratar da compra do avião. Despediram-se na quarta-feira bem cedo e voltaram os quatro outra vez em uma nova jornada, rumo à civilização, porém não menos cansativa, levando Wallace a comentar:

— Ainda bem que as próximas visitas à fazenda farei de avião. Como é longe!

Deixando o prefeito em sua residência, seguiram para casa na Capital, mas já combinaram que largariam o carro no lavador e seguiriam de avião para Ponta Porã. Seria menos desgastante. Chicão deveria se dirigir a Minas Gerais, com a obrigação de comprar o café que seria fundamental no negócio, enquanto Wallace tentaria juntar o útil ao agradável: conversar com o Patrão, colocando-o a par de todas as providências já tomadas, e arrumar mais mercadoria para vender. Com isso melhorariam o caixa, já que as despesas estavam altas. Teriam que repor um pouco dos gastos. Só tirar sem repor acaba com qualquer fortuna.

Saíram na manhã da quinta-feira, na esperança de chegar para o almoço em Ponta Porã. Encontrariam o Bugrão, e este os levaria até a presença do Patrão na parte da tarde.

Vieram do aeroporto da cidade direto ao hotel, Wallace pagou o táxi. Assim que virou o corpo em direção à portaria, entrava o sujeito que se dizia comprador de gado. E isso lhe chamou a atenção, levando-o a conjecturar: Caramba! Esse cara gosta destas bandas. Certamente arrumou alguma mulher por aqui, ou o negócio está promissor para seu lado. Toda vez que chego dou de cara com o tipo.

— Seu José? Vê um apartamento para dois, solicitou ao porteiro.

— Bom dia, senhor Wallace! Gostou da cidade hem? Vai ter que mudar para cá.

— É, mas parece que não sou só eu não! Aquele cara não é o comprador de gado que disse me conhecer? Está aí, de novo?

— Interessante, não é que é mesmo? Ele só aparece quando o senhor está por perto. Ele chegou esta manhã, aliás, dizem as más línguas que ele tem um rabo de saia na cidade, está gamado na moça, – é, mas mesmo assim é uma boa coincidência! Vou mandar subir suas malas, vai descansar um pouco?

— Não, só pretendemos dar uma lavada nas mãos e no rosto, e vamos almoçar. Estaremos fora o resto do dia.

Neste mesmo momento, Bugrão abre a porta do escritório no cassino e dirige-se ao Patrão:

— E aí, chefe, vai almoçar ou prefere fazer um lanche aqui mesmo? Se for, mando preparar.

— Não, Pedro, chega aqui. Antes de ir buscar os meninos do outro lado, me fala como estão indo suas investigações. O que pode dizer-me a respeito dos homens da lei?

— Olha, Patrão... O cara que disseram que viu os tiras que matamos saírem do hotel naquele dia é o guarda da agência do banco em frente. Procurei saber dele, me informaram que morava em uma pequena chácara nos arredores. Fui até lá e está tudo abandonado. Procurei no vizinho alguma informação, disseram que na madrugada encostou um caminhão, eles mudaram sem dar nenhuma satisfação, mudança repentina. Mandei verificar no banco, informaram que o sujeito pediu licença de 30 dias, ou o cara se tocou e fugiu de medo, ou os tiras o esconderam para evitar que o encontremos.

— Tá certo... mas em todo caso o melhor a se fazer no momento é dar um sumiço no carro que foi usado para apanhá-los. E no Rubão. Foi ele quem buscou os meninos, não foi? Acredito que a polícia não tem a menor prova contra a gente, não vão conseguir fazer nada, é só não vacilarmos. Tô certo?

— Sem dúvida, Patrão. Quanto ao carro e ao Rubão, já dei jeito, fica tranquilo. O carro foi pro desmanche, já era... O Rubão mandei ir a Dourados, resolver um problema: com ele foi o Alemão e o Buguinho. Teve uma indigestão de chumbo na estrada e os homens o enterraram por lá mesmo. Não vai aparecer mais por aqui, só se abaixar em algum Centro Espirita, senão!

— Tá muito bem, vá lá buscar o piloto e meu amigo contador, e vamos pensar com a cabeça fria o que vamos fazer. Tenho impressão que a única preocupação desses tiras é com a morte dos garotos, com o tráfico eles não estão preocupados não. Aquelas investidas que deram em Corumbá só podem ter sido em função da dedo-duragem dos Colhas. Também não se poderia esperar outra coisa: Los Federales Bolivianos devem ter torturado os coitados até a morte, aquele pessoal não dá chance ou são completamente corruptos ou cem por cento honestos. Não existe meio termo, você não acha?

— Pode ser, chefe... mas, por via das dúvidas, mandei dar um jeito no químico. Nesta minha ida até Corumbá, percebi que estava sendo seguido por todo lado, a casa do cara era guardada 24 horas por dia. No mínimo estão de campana, esperando que eu caia na armadilha, ou coisa parecida, mas para me pegarem vão ter que nascer muitas vezes ainda. E a Mercedes dei uma grana e mandei para Asunción, ela tem parentes por lá, vai tirar umas férias prolongadas. Quando a poeira baixar, ela volta. O que acha?

— Fez bem, mas e o químico, que jeito vai pegar o indivíduo?

— Juan, o barqueiro, é liso como uma serpente. Se já não fez, logo fará: vai entrar na casa do infeliz e pendurá-lo no banheiro com uma forca. Até a mãe dele vai jurar que foi suicídio, trabalho limpo e bonito. Me prometeu para esta noite passada, só vou ficar sabendo à tarde. Vai me comunicar quando estiver em Quijarro, neste caso estou sossegado.

— Bem pensado... vá lá, busque o piloto, que estou esperando.

Enquanto o Bugrão se preparava para ir buscar o piloto no hotel, o policial dirigia-se à Delegacia Federal.

— Entra, Benê, já almoçou?

— Não, assim que recebi seu recado de que o piloto viria para cá, resolvi seguir o mesmo caminho. Dei um tempo no hotel até que chegassem, porque agora vieram em dois. O sujeito que veio com ele nunca tinha visto antes. Quer saber como estão as investigações?

— Claro! Em que pé estão?

— É, não evoluíram muito não. Achei melhor esconder o guarda do banco, tirei o cara da casa dele, mudei-o para um lugar mais seguro. Estou achando que estes bandidos têm conhecimento de tudo que já descobrimos e o que pretendemos fazer. O carro e o motorista que pegou os rapazes no hotel, conforme fomos informados, simplesmente desapareceram. A impressão que tenho é a de que, se acharmos o tal sujeito, vai estar pesando o dobro de tanto chumbo no corpo. A moça de Quijarro não encontramos mais. O químico de Corumbá, apesar de estar guardado 24 horas por dia por gente experiente, amanheceu pendurado em uma corda no banheiro da casa. Estão falando em suicídio, pode ser... mas é muita coincidência. A mulher do cara diz que o coitado saiu para usar o banheiro de fora da casa, não sabe por quê. Ela tem um sono leve, mas esta noite parece até que tomou remédio de dormir ou coisa parecida, pois dormiu feito pedra que até perdeu a hora de levantar. Tudo isto são informações que recebi agora de manhã, pedi para não divulgarem nada. Pra você ver, indícios são muitos, provas e testemunhas, quando tem, desaparecem como por encanto. Parece-me até que fizeram escola com a máfia.

— Não desanime, cara, no primeiro vacilo nós os pegamos. Esse povo não fica muito tempo parado, estaremos atentos a qualquer movimento. Quanto ao piloto e aos demais, estamos sabendo que estiveram na tal fazenda do prefeito. E agora já sabemos quem é. Estiveram juntos na viagem, estamos na cola deles a fim de descobrir onde é a fazenda e seguir cada passo dessa gente.

— Bem, então vamos almoçar, que esse papo me deu fome.

— Ah! Ia me esquecendo, os bombeiros acharam as ossadas dos outros três rapazes. Só ossos mesmo, por isso não dá para saber quem é quem. Só pelo tamanho do esqueleto é que poderíamos identificar o elemento. Vamos contatar a família, para saber qual a altura dos falecidos.

— Sendo assim, peça os dados dos rapazes, embala os ossos e manda para a família. Já examinaram a ossada?

— Sem dúvida, o doutor olhou uma a uma, e em todas as três houve um tiro na boca e a bala alojada no crânio é da mesma pistola automática. Vamos precisar descobrir quem é o dono desta arma, espero que não sejam muitos os possuidores desse tipo de pistola.

— Por favor, Solano, não deixe vazar isso. Vou me informar melhor sobre esta arma e fazer uma investigação minuciosa, nas barbearias mais badaladas, nos botecos mais frequentados, nos postos de gasolina, no armazém, nas lojas, onde for possível, até com as crianças do grupo. Tenho que descobrir de quem é essa pistola, é a pista mais quente até agora.

— Acho que tenho alguém que pode ajudar!

— Então fala, meu amigo! Qualquer coisa ajuda.

— Tem um advogado aí na praça, não sabe nada de direito, mas sabe tudo da vida de todos. É o cara ideal, por que não me lembrei dele antes? Vive de biscates, tem que chegar um dinheirinho na mão dele. Chama-se Rubens alguma coisa Júnior, todos o chamam de Dr. Júnior, te mostro onde encontrá-lo.

Quando o Bugrão chegou ao restaurante, Wallace já estava pagando a conta. Parecia estar mais aliviado, a voz já não estava tão tensa, como quando se falaram por telefone na noite anterior.

— Senhores, boa tarde! Almoçaram bem?

— Ô, cara! Como tem passado, e aí, já almoçou?

— Já! O senhor é o contador, amigo do Patrão? Muito bem, vamos lá, o homem o está esperando. E aí, piloto, muitas mulheres no pedaço?

— Que nada, Bugrão, só correria. Tô mesmo precisando dar uma relaxada: que tal darmos uma chegada nas meninas da Pilar logo mais à noite? Gostei pacas do ambiente daquela casa.

— É, não deixa de ser uma boa pedida.

— Boa tarde, Patrão, como está, tranquilo?

O contador já foi se adiantando na conversa, assim que chegaram ao escritório do chefe, preparando-se para um longo abraço de velhos conhecidos.

— Romildo! meu velho, há tempo não nos vemos hem? Me conta como estão as coisas naquela deliciosa Manaus. Chega aí Wallace, vamos sentar, quais as novas?

— Patrão, antes de começar o papo com nossos amigos, deixa lhe dizer, antecipou-se o Bugrão: o Juan me ligou quando ia indo buscar os moços. Aquela parada de Corumbá ficou resolvida ontem mesmo, era só isso.

— É, um problema a menos. Muito bem gente, vamos ao que interessa, tudo resolvido por lá?

— Quase! demos entrada na papelada da firma, fomos à fazenda, iniciamos a construção da pista, Chicão foi a Minas comprar café, e na volta daqui iremos à Valinhos concluir a compra do avião. Estou precisando de mercadoria para o nosso varejo, esta é uma fase em que se gasta muito. Que me diz?

— Certo... O importante é que já está tudo encaminhado, isso é bom. Prometo a você que mercadoria não vai faltar, apesar que estou juntando por aqui mesmo e trazendo da Bolívia aqui por dentro, sem passar pelo Brasil. Tive que mudar um pouco os fornecedores e a rota, medida de segurança. E por segurança, não vamos mais conversar nada por telefone. Quando precisar, o Pedro vai até lá ou você vem aqui e conversa com ele. Assim que pegar seu avião, deve levá-lo direto à fazenda. Seus voos sairão de lá para a Colômbia, e vice versa. Não devem passar por aqui, tudo é com você e o Pedro, ele lhe passa as coordenadas, em algumas ocasiões irão juntos. Não se esqueça de fazer algum trabalho para terceiros com o aparelho, para procurar desviar a atenção da Polícia, creio que vai ser procurado por um americano, nosso cliente, fala Inglês?

— O suficiente, dá para o gasto. Quanto ao avião, o esquema já está bolado, vou aproveitar o contador e abrir uma firma de taxi aéreo de fachada. Aquilo que me falou, lavar a grana, funciona não?

— Perfeitamente. A respeito da mercadoria que me pediu, não esquenta: toda semana terá uma remessa a sua disposição, vai estar na oficina do Negrão em Campo Grande. Tem um lava-jato nos fundos, leve seu carro toda semana para lavar e dar uma garibada. As instruções todas vão ser fornecidas por lá, é o ponto de ligação. O dia que eu precisar falar contigo pessoalmente o Bugrão marca, teremos que ser o mais discretos possível.

— Tá limpo, chefe. Se tem que ser assim, vai ser assim, sem discussão.

— Ótimo! Agora o Bugrão vai ciceroneá-lo por aí e o Romildo fica comigo. Vamos até minha casa temos muito o que conversar, já faz muito tempo que não nos vemos. Piloto... não vou te ver tão cedo, boa sorte.

— Obrigado, Patrão, pra você também, até de repente.

— E aí, Bugrão, fazemos o quê?

— Vamos nos divertir, sua sugestão vai valer. À casa da Pilar!

Voltando a Campo Grande, na sexta-feira, qual não foi a surpresa: todo esparramado no sofá da sala, J.L. dormindo como uma criança, acordou assustado.

— Ô pessoal, dei uma esticada aqui e dormi, desculpem o mau jeito.

— Ô, cara! Que é isso, fica à vontade, a casa é sua. E aí, que bons ventos o trazem?

— Estava à toa lá em Manaus, vim passar alguns dias com vocês para me distrair um pouco, e ver como andam as coisas por aqui.

— Só que não terei muito tempo para lhe dar atenção, meu amigo. Seu irmão está me mandando um bagulho, terei de correr atrás. Vou receber a mercadoria e vou a Vinhedo, a seguir a São Paulo. Vai ficar aí com o Chicão, tudo bem?

— Sem crise, cuida do seu negócio, não esquenta comigo.

Foi um final de semana bastante corrido, como todos os dias de sua vida atualmente. Bastante trabalho, mas foi tudo até muito tranquilo: a transformação da base de coca nas pedras, a entrega, o recebimento, tudo pela ordem. Voltando a casa na segunda-feira, já bem tarde da noite, Chicão, ainda acordado, perguntou-lhe:

— Deve estar pregado, hem companheiro? Como foi, tudo limpo?

— Tudo, e você, como foi com os visitantes?

— Joia, pessoal gente fina. O contador ficou mais cuidando da papelada do Maurício. Por falar nisso, já voltaram da fazenda, a pista está em condições de uso, é só mandar brasa no avião.

— Boa notícia, amanhã entro em contato com ele e vamos buscar a máquina. Agora preciso mesmo é de um bom sono, até amanhã!

— Certo, até amanhã.

## CAPÍTULO 6

# CONTRAPROVAS

*Para a Justiça não há verdade sem prova,
mesmo sabendo que é verdade.
A mentira com provas vira verdade,
mesmo que a prova seja uma mentira.
Não pode haver julgamento sem provas.*

Assim que Maurício chegou a Campo Grande, ligou para Wallace.

— Já estou aqui na rodoviária, manda alguém me pegar?

— Me espere ao lado, estou passando por aí em cinco minutos, vou eu mesmo te buscar.

— Pensei que viesse de carro, como foi a viagem?

— Sem problemas. Deixei a camioneta com meu primo, tinha alguns compromissos, por isso vim de ônibus.

— Muito bom, me conta como está a obra na fazenda.

— A pista está pronta, bem compactada no tamanho e largura determinada. Só o galpão que está sendo erguido agora, mas se tivermos que guardar qualquer coisa por lá temos a casa.

— Só a casa não dá, são várias sacas de café, e teremos que retirá-lo das sacas, colocar alguns pacotes de cocaína e reensacar tudo novamente no peso exato em que estava antes. Por esse motivo é que pedi que comprasse uma balança comercial nova e bem auferida.

— A balança, sacos vazios, agulhas, barbantes para costurar sacarias, teremos que comprar por aqui, e levaremos na camioneta. Mas quando chega o café?

— Assim que estiver pronto o galpão, alugo ou compro o caminhão e iremos buscar no estado de Minas. Já está tudo acertado, se bem que o mais importante agora é o avião. Espero que tenha trazido todos os documentos necessários, os demais papéis estão no jeito. Se tudo estiver pronto de sua parte, iremos pela madrugada, chegaremos lá na parte da tarde. Resolvemos tudo, um de vocês retornará com o carro, eu venho com o avião.

— Está tudo em ordem quanto aos documentos, não vamos ter nenhum problema. Pode ficar despreocupado.

Três dias passados, entretanto, em Ponta Porã Solano liga para Benê, antes do almoço, em um diálogo curto e rápido:

— Escuta companheiro, temos um churrasco para irmos à tarde. Aquele advogado vai estar lá, darei um jeito de apresentá-lo a você. Creio que não conseguiu chegar até ele ainda, verdade?

— É verdade. Realmente não posso faltar a esse convite, se bem que havia marcado com a Meire de sairmos à tarde.

— Qual é a sua com essa garota, meu camarada? Não acha perigoso manter esse caso?

— Quando não se pode com o inimigo, alia-se a ele. Achei que poderia tirar proveito dessa situação. Fiz ela crer que estou a fim de um compromisso mais sério, abri o jogo com ela sem dar entender que já sabia quem era ela e para quem trabalha. Notei que a garota está apaixonada por mim e poderá servir muito bem aos meus propósitos.

— Abriu o jogo! Até que ponto?

— Calma irmão! Só disse a ela que sou divorciado, tenho um filho, que não era nada do que disse anteriormente. Sou um tira e estou fazendo uma investigação por conta própria em cima da morte do meu parente. E é este o objetivo, fazer chegar no ouvido do Patrão que meu único propósito é descobrir quem matou os garotos, nada de narcotráfico, deixar a atenção do homem voltada tão somente para este fato.

— Boa estratégia, mas e a moça caiu nessa? Você, meu caro, não está se envolvendo muito não?

— Mulher gamada, meu amigo, fica cega, já está preocupada se meu filho vai aceitá-la numa boa, e coisas assim, desse tipo. Esta é a hora em que posso tirar tudo que preciso do que ela sabe. Mas tudo bem. Que horas você me apanha para irmos a esta festa? Vou ligar pra gatinha e mudar o encontro, o interessante deles é que o pessoal bebe bastante e fala o que não deve.

— Entre 13 e 13,30 h. Está bom para você?

— Está ótimo, assim posso deixar o churrasco a tempo de encontrar a garota e fazer o programa que tínhamos combinado.

— Posso saber qual seria o programa?

— Te conto tudo no caminho. Estarei aguardando, até mais tarde.

Passava pouco das 13 h. Solano buzinou seu carro em frente ao hotel, Benê sinalizou que já estava indo. Dirigiu-se ao porteiro disse alguma coisa e saiu rápido. Entrou no carro, dizendo:

— Meu camarada! estou morrendo de fome, é longe esta festa?

— Não, perto, um rancho à beira do rio Paraguai, seis quilômetro no máximo, um lugar muito bonito. É aniversario do dono da agência de automóveis, um comerciante forte de Ponta Porã, o Turco. Mas, e aí, me conta a história que ficou pendente da menina, iriam aonde?

— Você não vai acreditar! A garota está envolvida com esse pessoal porque a irmã é mulher do tal Patrão. Chama-se Dora e mora na Fazenda. Ela descreveu-me a fazenda como um espetáculo cinematográfico, e eu fiquei superinteressado. Disse a ela que adoraria conhecer essa maravilha. Então a gata convenceu o cunhado e a irmã de me receberem. O cara, sendo um tremendo pavão como todo novo-rico, quer mostrar seu sucesso e aceitou. Tenho que voltar antes das 15 h, que não posso perder essa oportunidade. Não acha?

— Vai com calma, parceiro, tá se metendo no vespeiro.

— Sem que haja um pouco de risco, não tem graça. Acho que estamos chegando, é ali?

— É! Bonito não? Aquele cara de camisa estampada e bermuda branca é o sujeito que quero lhe apresentar. Não adianta disfarçar sua profissão que o cara sabe tudo. Conhece todos, é o bom malandro. Já tentou de tudo na vida e não virou nada até agora. É vagabundo de carteirinha, vive de fantasias e extorsões. Vai com jeito que consegue tirar um bom proveito, não assusta ele não. Como todo bom fanfarrão adora falar, e às vezes fala até demais, dê bastante corda.

— Dr. Júnior! Como vai, meu camarada? Anda sumido, cara, que é, casou-se? Este é um amigo de Brasília, o Benê, já conhece?

— Não, como vai? É um prazer, já vi você aí no pedaço, aliás sempre bem acompanhado com a garota que canta no Cassino. Boa pedida, a garota é nota dez.

— Sem dúvidas, já que vim passar uns dias por aqui, nada melhor que arrumar uma namorada para preencher as horas vagas, não é mesmo? Cheguei por aqui sozinho, os colegas todos casados, tive que me virar.

— Me disseram que trabalhava com frigorifico, agora te vejo com o Delegado Solano. Qual é?

— Pois é, cara, ingressei na Policia Federal há poucos dias, prestei concurso. Enquanto não me chamavam, trabalhava no setor burocrático. Ainda estou aprendendo, vim aqui para a fronteira fazer um estágio aí com o Solano e resolver, ou pelo menos tentar resolver, um caso que houve com um parente. Pensei que pudesse trabalhar disfarçado, mas fica mais difícil. Preciso da orientação dos colegas pra tudo, não conheço nada nem ninguém. — Enquanto falava, media com os olhos cada centímetro do indivíduo. — Pô cara, aqui na fronteira vocês usam armas até nas festas. Que arma é esta na cintura?

— Caramba! deu pra perceber? É uma Double Eagle Americana, calibre 45, cano curto, semiautomática. Está comigo porque passei na casa de um sujeito que me devia uma grana, peguei como parte do pagamento. Não costumo andar armado não, mas gosto muito de armas, conheço tudo sobre elas.

Foi exatamente esta a deixa que Benê estava precisando e foi logo no assunto que lhe interessava:

— Olha, meu camarada, não sou nenhum perito no assunto. Como lhe falei, entrei agora no ramo, mas li muito sobre esta semiautomática, 89mm, de repetição, muito usada pelos policiais americanos. Até agora só vi no cinema, tô gamado numa máquina dessas. Tem muitas por aqui?

— Claro! Por aqui existem diversas: o Bugrão tem uma, o Turco, aniversariante, também tem, ele coleciona. Se te interessar, arrumo uma para você comprar.

— Calma, meu camarada, uma dessas deve custar uma fortuna e, como lhe disse, estou começando, a grana é curta.

— Não esquenta não. Essas coisas entram aqui no Brasil naquela base, o preço lá embaixo, principalmente para vocês da Polícia.

— É, não custa conhecer a ferramenta, quem sabe chega até minhas posses. Mas... comprar no câmbio negro! Pra mim fica ruim, é melhor não mexer.

— Você é quem manda. Se interessar, fala comigo.

Por sorte Solano voltou e chamou-o

— Benê? Chega aí, vou te apresentar alguns amigos e o aniversariante. Deixa o Dr. Júnior um pouco, depois você volta, dá licença, companheiro.

— Sem problema. O pessoal aí é legal, você vai gostar. Depois falamos mais.

— Como foi?

— Como tirar pirulito da boca de criança, se empolgou e já contou tudo o que eu precisava saber, inclusive quem tem a arma. Adivinha quem?

— Se me der uma dica, fica mais fácil.

— Bugrão! Ele mesmo tem uma. Agora preciso armar uma arapuca e laçar esse cara, pegar a arma. Ele me disse ainda que o Turco, aniversariante, também tem, faz coleção de armas, mas esse já está fora de suspeita. Nosso homem é o Bugrão mesmo.

— Não se iluda não. Esse Turco também não é flor que se cheira, não temos certeza absoluta, mas tudo indica que o negócio dele não é só veículos não, tem muito mais coisas, mas não entra em roubadas. Por enquanto, voltamos nossas atenções para o nosso amigo Bugrão...

— Bem, esta é uma outra questão. Vamos conhecer o pessoal, comer mais alguma coisa e vou me mandar. O que precisava saber já sei, agora é ver de perto o famigerado Patrão.

— Então vamos nessa...

Nem acabou de falar, tocou o telefone celular:

— Benê! liguei para minha irmã avisando que íamos atrasar nossa visita e ela prefere que fique para amanhã. Assim almoçamos e passamos o dia com ela. O que você acha?

— Por mim, tudo bem. Então apanho você às 20 h para sairmos, certo? E aí marcamos o horário da visita de amanhã, para conhecer sua irmã.

— Legal! Te amo, beijos.

— Outros. (...)

Melhorou, a garota conseguiu adiar a visita para amanhã, vamos almoçar com a família do cara. Aí posso pedir para conhecer a fazenda, quem sabe descobrir mais algumas coisas. Isso me deu mais tempo de ficar por aqui, pelo menos mais algumas horas, que poderão ser úteis.

Passaram a tarde comendo, bebendo e conversando com um e outro, de maneira despretensiosa, tranquila, mas pondo atenção em tudo que ocorria à volta, sem perder nenhuma particularidade, até que Solano chamou para ir embora:

— Vamos nessa, companheiro? Senão daqui a pouco estarei bêbado como uma porta, falando até pelos cotovelos, e você terá que me arrastar para casa, feito um trapo velho.

— Tem razão, vamos indo.

Naquela manhã de domingo, o sol já se fazia soberano do alto de sua majestade, resplandecia com seus raios quentes, iluminando a estrada de terra. Seguiam preguiçosamente, quando menos esperavam, chegaram à entrada da fazenda. Imediatamente correu um homem que não deu para ver de onde veio, abriu a porteira, esperou que atravessassem, não cumprimentou nem respondeu ao bom dia a ele dirigido:

— Simpático o cara aí, não?

— São gente simples, pessoas acanhadas, não se importe com eles, são desconfiados por natureza.

Sem se manifestar mais, porém, prestando atenção em tudo à sua volta, chegaram às imediações da magnífica mansão. Ficou admirado com o luxo excessivo, mas sem alumbramento, foi filmando na memória cada detalhe da construção e do terreno em volta. Apesar do tamanho, havia empregados em demasia, e a maioria homens, ainda jovens, mas de aparências desagradáveis. Mais pareciam bandidos que humildes colonos, mas, de repente, foi interrompido em sua minuciosa pesquisa aos detalhes do local por uma voz suave e uma beleza estonteante, que não deixava nada a desejar ao deslumbrante local. Realmente era uma linda mulher, pouco mais velha, mas muito mais bonita que a irmã. Aparentava serenidade, uma certa melancolia, no olhar uma tristeza singular que lhe emprestava ainda mais qualidades nos gestos angelicais e bucólicos. Parecia medir as palavras, procurando não ferir quem a ouvia.

— Meire! Que bom que veio, já estava com saudades. Você é o Benê? É uma grande satisfação, vamos entrar.

— A satisfação é toda minha. Quando Meire me falou de uma irmã mais velha, não exaltou sua beleza como realmente se apresenta, você é demasiadamente encantadora.

— Muito elegante, você! Obrigada, vamos nos sentar no jardim. Martinez nos espera, à sombra.

— Este é o Benê, namorado de minha irmã: Martinez, meu marido.

Indicava-nos com modos suaves, ao fazer as nossas apresentações, uma verdadeira dama. Como poderia uma mulher tão maravilhosa se envolver com um bandido daqueles?

— É uma satisfação, senhor, meus parabéns. Seu gosto é indescritível, tudo maravilhoso da casa à esposa, uma faz juz a outra, a natureza foi benevolente consigo.

— Fico feliz que gostou, bebe o que?

— Uísque, com soda e gelo, bastante gelo.

Foi uma conversa tensa, mas equilibrada, um estudando o outro, medindo pormenorizadamente as palavras, mas atendeu os objetivos em relação a Benê, falou-se muito pouco sobre sua condição de tira, e este perguntou menos ainda sobre as atividades do anfitrião. Ficaram como dois lutadores de boxe no primeiro assalto da luta, permaneceram tão somente se estudando. Todo papo girou em torno da bela casa e projetos futuros. Quem mais conversou foram as mulheres. Foi assim até a hora de se despedirem, não sem antes visitar toda a fazenda, olhar e memorizar fotograficamente cada detalhe, sem dar bandeira, tudo discretamente, do pequeno aeroporto bem construído até os confortáveis estábulos.

Na Segunda-feira chegou bem cedo à Delegacia da P.F., sendo abordado logo na entrada pela recepcionista:

— Sr. Benê? o chefe quer vê-lo antes de o senhor sair.

— Tudo bem! Estarei aguardando.

— Dá um tempo, aí, cara, tá vindo para cá um tal de tenente Cruz. Vai trabalhar com você neste caso — falou curto e grosso o delegado Solano.

— É do exército?

— Não do Exército Brasileiro, o cara é americano.

— Deve ser de origem latina com esse nome, Cruz. É um nome raro entre os americanos.

— Antes que o tenente chegue, me conta, como foi o passeio, como é o homem? Depois que me saciar a curiosidade, tenho informações da central, te passo em seguida.

— Olha, meu amigo, com palavras não dá pra descrever a casa do homem. É um alumbramento, mansão holliwoodiana, a esposa então! maravilhosa... aquilo é um investimento de milhões de dólares, coisa de narcotraficante mesmo! O cara deu pouco papo, perguntou menos ainda, acho que só me recebeu para me conhecer e agradar a esposa. A vontade do cara, pelo que percebi, era me despachar bem rápido. Mas fala sobre as novidades da central.

— É sobre o piloto e os companheiros dele. A casa que os caras alugaram em Campo Grande parece um hotel, sempre cheio de gente. O sujeito que chegou com o piloto é um contador picareta de Manaus e, no final da semana passada, chegou um outro, que nada mais é do que irmão do Patrão. Os caras chamam-no de J.L., também piloto, mas sem atividades por enquanto. Sofreu um acidente há pouco tempo e não está trabalhando. Deve viver à custa do irmão, a ficha tá limpa. Quanto ao contador, só alguns probleminhas sem maior importância. Sabemos que estiveram na fazenda e que a pista de pouso ficou pronta. Amanhã vão buscar um avião em Valinhos - SP. Estão sendo vigiados 24 horas por dia, mas pareceu-nos que estão desconfiados de alguma coisa. Apesar de toda discrição e cuidado que estamos tomando, não estão falando muito no telefone. Vamos tentar descobrir quem é o elo de ligação entre eles e o Chefão do cartel. A alta cúpula da Policia Federal acredita que deva existir mais gente grossa nessa história, no momento só sabem que tem coisa grande por trás disso. E, como você mesmo costuma dizer, vão dar cordas para se enforcarem. Não querem que se coloque a mão em ninguém por enquanto.

— Delegado? Chegou o tenente Cruz que estavam esperando. O sujeito não é sujeito não! É sujeita, informou-nos a recepcionista em tom de galhofa.

— Quer explicar melhor?

— É mulher!

— Pô cara... manda ela entrar, que está esperando?

— Entra, tenente, este é o Delegado Benê, destacado para trabalharem juntos. Senta, não sei nem por onde começar, afinal não era o que estávamos esperando. Me desculpa, cada dia esses gringos me surpreendem mais.

— Não se acanhe, delegado, falo bem sua língua, conheço seus costumes. Meu pai é americano e minha mãe paraguaia, uso o sobrenome de minha mãe para me identificar melhor. Tenho treinamento especial de guerrilhas, sou expert em drogas e já morei no Brasil e no Paraguai. Meu pai era adido militar americano. Esquece que sou mulher, vamos falar como profissionais. Trouxe um dossiê completo sobre as atividades dos narcotraficantes da região, fornecido pela C.I.A., com as ligações deste pessoal com os americanos e os colombianos, só não temos as provas necessárias e, portanto, não temos como pôr as mãos nesse povo. Talvez, se trabalharmos juntos, com as informações que temos e as que vocês têm, consigamos chegar a algum lugar. Que acham?

— Bem, tenente, a senhora...

— Senhorita, por favor.

— Senhorita, certo! Se conseguirmos as provas, como vamos pegar esse povo? Vamos prender só a raia miúda como sempre, e os poderosos? Invadimos a fortaleza deles com armas e baionetas, bombardeamos tudo? Acho que para acabar com eles só na porrada, sem dar moleza, como nos seus filmes de ficção.

— Se você achar que tem que ser assim, tomamos a iniciativa, depois pedimos desculpas, ou... assumimos a responsabilidade, temos que juntar provas e procurar resolver o problema. Temos carta branca, pelo menos do meu país.

— É... Se for assim, é muito provável que vamos nos dar bem. Só que toda vez que arrumo uma prova, eles apresentam uma contraprova.

— Não entendi, senhor Benê!

— Os caras tem espiões em todo canto, e por toda parte. Aparece uma testemunha ou uma prova, eles ficam sabendo, vão eliminando as provas e as testemunhas. Mas vamos ver seu dossiê e lhe passo as minhas informações. Vamos juntar nossas forças.

Enquanto isso, o Bugrão entrava no escritório do chefe:

— E aí, Patrão, como foi a visita do sujeito à fazenda?

— Desagradável, você sabe que detesto polícia, mas não poderia nunca deixar de recebê-lo. Queria sentir o cara, o papo todo é que o interesse único fica por conta do caso dos rapazes assassinados, mas tenho impressão que estão atrás de mais coisas. Tomara que esteja errado, mas não custa tomar cuidados. Pelo que pude notar não podemos mais contar com a Meire.

— Por quê, Patrão?

— Me deu plena convicção que está apaixonada pelo tira. Nesse caso deixa de ser útil.

— Quer que faça alguma coisa?

— Não! Deixa quieto, já temos problemas suficientes e ela não sabe muita coisa ou pelo menos não o suficiente para comprometer. Fica frio, quero que procure o piloto, diga que teremos já uma remessa, ainda nesta semana, dos fornecedores da Colômbia. Liga do orelhão e não fala nada, só peça a ele que lhe toque de volta de outro orelhão.

— Acha que estão grampeados os nossos aparelhos?

— Acho não, tenho quase certeza, mas se não estiverem, melhor. Todo cuidado é pouco, não posso deixar rastro, e vai ter muito dinheiro envolvido. Estes policiais tem meios de, usando a tecnologia, rastrear todo nosso movimento, principalmente com apoio dos Estados Unidos.

— Tem toda razão, chefe, me dá as coordenadas que eu irei pessoalmente, não vamos arriscar.

Bugrão chegou a Campo Grande na terça-feira no período da tarde. Estranhou o silêncio, mas havia um carro na garagem e bateu palmas, esperou mais um pouco, bateu na porta. Foi aí que veio recebê-lo o Chicão:

— E aí, Bugrão, como está? Entra, não repara, estou com uma mina aí no quarto, mas já vou dispensá-la. Senta aí.

— Tudo bem, vai lá, acaba seu serviço, depois conversamos.

— Nada mal a garota hem Chicão? Boa de corpo, bonita, é sua namorada? —Perguntou-lhe o Bugrão.

— Não! Só estamos tendo um caso, nada sério. Mas e aí, alguma novidade? Wallace foi até Valinhos buscar o avião, o J.L. foi com ele.

— O irmão do Patrão está por aí?

— Está... Veio dar uma passeada. Assim que voltarem, eles vão juntos à fazenda, ele quer ver a pista.

— Muito bem... mas diz quando está programado o retorno, e o J.L., está com vocês no negócio?

— Não! Só visitando e dando alguns palpites. E quanto ao retorno, deve ser hoje ou mais tardar amanhã. Já tinham tudo acertado com referência à compra do aparelho. seriam tão somente detalhes finais, e pagar a entrada que tinham combinado.

— Está bem, então vou esperar, certo?

— Sem crise.

Wallace chegou no dia seguinte, já na parte da tarde, ele e J.L. Não quiseram voar antes de uma boa revisão no aparelho, apesar de que o dono anterior e o mecânico garantirem que estava tudo na mais perfeita ordem. Mesmo assim, seria melhor não ter tanta confiança, é fundamental viajar com segurança. Após revisarem e testarem, levantou voo, chegando ao Aeroporto Teruel em Campo Grande já à tarde. Ligou pedindo que fossem buscá-los. Assim fez Chicão.

— O Bugrão está lhe aguardando em casa desde ontem, não quis me adiantar nada, prefere esperá-lo.

— Esse cara é muito sistemático, não esquenta não, já ficaremos sabendo do que se trata.

— Ô, cara! Me disseram que está me esperando desde ontem, foi bem tratado aqui na minha ausência?

— Sem dúvida. E o aparelho, tudo acertado, é bom mesmo?

— Se for ficar por aqui, amanhã você vai com a gente à fazenda. Terá oportunidade de experimentar a máquina, é muito boa. Mas não está aqui só a passeio, não é mesmo?

— Não! Já temos uma viagem a fazer ainda nesta semana, trouxe as coordenadas pessoalmente e vou contigo nesta. Mas antes gostaria de trocarmos algumas ideias nós dois, em particular.

— Sem problema. Vou tomar um banho e em seguidas saímos para tomar um café. Fica bom assim?

— Fica perfeito.

Procuraram uma mesa bem discreta no barzinho próximo, pediram uma cerveja. Após se acomodarem, Wallace foi direto ao assunto:

— E aí, o que temos?

— Vamos dar início agora a nossa operação. O Patrão quer atenção redobrada e tudo nos mínimos detalhes, sem conversa telefônica, trabalho sério. O volume de dinheiro no negócio é muito grande e muitas pessoas estão envolvidas. Nada deve dar errado, não podemos despertar desconfiança de modo algum. E gostaria de saber o que JL. está querendo contigo. O Patrão pediu para deixá-lo fora disto, o cara é um verdadeiro ímã para confusão. E ontem, assim que cheguei em sua casa, peguei o Chicão com uma dona na cama. Essas coisas chamam a atenção da vizinhança e poderemos ter confusão em troca de bobagens. O Patrão é muito bom, mas não admite erros.

— É! Estas coisas me preocupam, vejo no Chicão uma dose considerada de irresponsabilidade e o pessoal que ele arrumou é superinexperiente, mas agora não há como voltar atrás. Já estamos com tudo pronto, é só começar. Vamos precisar de imediato ter uma conversa séria com estes caras. Quanto ao JL. está aí de bobeira, não participa e não foi convidado.

— A questão é a seguinte: temos que partir no Sábado, levantamos voo às 16 h. Vamos aterrizar em um campo improvisado na região dominada pelos guerrilheiros colombianos. Vão estar nos esperando, carregamos o bagulho e voltamos direto à fazenda. Vamos ter que levar combustível, que os caras lá não têm; o aparelho precisa ter autonomia para ir e voltar. Mas é bom não arriscarmos, sobrevoaremos um grande trecho de floresta amazônica, tanto do lado brasileiro como do lado colombiano. Acho até desnecessário estar falando isso, a sua experiência é bem maior que a minha.

— Tudo bem, já que estamos na chuva, vamos nos molhar. Mas morro de medo disso tudo, só não tenho medo de voar e, tendo as coordenadas, não há problema chegamos e partimos numa boa. Combustível não será problema, já vou providenciar. Os homens do prefeito terão que comprar uma balança e mais alguns materiais aqui e levar na camioneta para a fazenda. Aproveitam e já levam junto o combustível. Amanhã vamos pra fazenda e podemos ficar por lá até a hora da viagem. Se o J.L. quiser ir, terá que esperar na fazenda pela nossa volta.

— Bem... — respondeu o Bugrão apoiando-se na mesa com menção de levantar-se — estamos com tudo combinado, vamos ao trabalho. Mas este medo não tem fundamento, lá teremos a proteção dos guerrilheiros, a pista é boa, enquanto, quando você fazia garimpo, os perigos eram bem maiores, pelo que me consta.

— Realmente, o garimpo era uma barra, e cada avião que usávamos, só de pensar sinto arrepios.

— Muito bem, assim que o pessoal do prefeito estiver preparado para a viagem, levando o material necessário, também partimos em direção à fazenda, vamos tentar fazer isto logo cedo amanhã, hoje descansamos, tá legal?

— Por mim está tudo bem.

Chegaram em casa após a curta reunião e só estava o contador aguardando. J.L. e o Chicão haviam saído, tinham ido dar uma volta pela cidade a fim de se divertirem. Restou perguntar ao contador como havia sido a viagem de volta, o que informou ter sido tranquila e que Chicão autorizou o Maurício a ir a Maracajú com seu carro. Voltaria no dia seguinte com a camioneta para levar o que fosse preciso para concluir as obras e demais necessidades da fazenda.

— Como tinham certeza que os dois iriam demorar, foram dormir e descansar para a próxima jornada.

— Wallace estranhou muito a presença de um elemento desconhecido dormindo no chão do quarto ao lado do Chicão e do J.L. Notou a presença do elemento quando foi chamá-los pela manhã e começarem os preparativos para a viagem. Deu uma sacudidela no companheiro, acordando-o sem alarde:

— Ô, cara!... sabe que horas são? Temos muito trabalho hoje, dá uma apressada.

— Falou, amigão, já estou indo,

Estavam na sala de jantar, em volta da mesa, quando apareceram os dois companheiros mais o desconhecido. J.L. tomou a frente e apresentou o elemento até então desconhecido.

— Wallace, Bugrão, Romildo. Este é o baixinho Hermes, velho amigo, trabalha no ramo. Já tivemos alguns negócios, inclusive com meu irmão. Lembra dele, Bugrão?

— Não! não me lembro — respondeu-lhe sem entusiasmo, demonstrando uma velada insatisfação.

— Tudo bem, pessoal — interferiu Wallace — vamos tomar nosso café e cuidar da vida. Isto, sem se dirigir ao novo visitante, com evidente demonstração de descontentamento e até uma ponta de desconfiança. Permaneceram daí para frente todos calados, fazendo o dejejum em total silêncio, até a despedida do tal de Baixinho.

— Pô! pessoal, o cara é meu amigo de velhos tempos, gente de confiança, encontramos o cara ontem à noite na Boate, trocamos algumas ideias e trouxemos o cara para dormir aqui, já era tarde. Fiz com ele o mesmo que fiz com você, Wallace, em relação ao meu irmão em Ponta Porã, e desta aproximação a coisa virou uma grande parceria.

— Não leva a mal, J.L. é para não estragar esta boa parceria e não acabar este grande negócio que a gente tem que ter todo cuidado, não queremos mais ninguém a nossa volta. O Bugrão veio até aqui tão somente para não precisar usar o telefone, o Patrão quer que façamos tudo na miúda, sem alarde, entendeu? O Bugrão chegou aqui ontem e pegou o Chicão com uma mina na maior zona. Isso não é bom, temos que ter mais cuidado.

— Calma, gente! A mina do Chicão e a minha são meninas gente fina, conhecemos as gatinhas no Shopping e pintou um clima. Não são piranhas não. O caso é que meu irmão é fissurado em segurança, desconfia de tudo e de todos, vê inimigos até em crianças. O cara é pirado, por qualquer coisa manda eliminar o que quer que seja. Fica frio, a gente sabe o que faz.

— Se você pensa assim, tudo bem. Mas acho que o cara tem o que tem porque sempre teve o maior cuidado e nunca se descuidou com nada. Mas o importante agora é providenciar as coisas para levar à fazenda. O Chicão vai com o Maurício comprar o que estamos precisando, vou com Bugrão abastecer o avião e providenciar combustível de reserva, que vamos necessitar para a viagem que faremos já no Sábado. Vamos buscar uma remessa na Colômbia e traremos direto à fazenda. Na próxima semana vamos ter que estar com o café no jeito. Isso também vai ficar contigo, Chicão; logo após o almoço levantamos voo e vamos ficar na fazenda até o final desta primeira operação. Tudo legal? Alguma dúvida?

— Não, nenhuma, vamos nessa. Os meninos já estão aí, explico a eles no caminho, nos encontramos na fazenda.

— E você, Romildo?

— Sigo hoje para São Paulo, pego a inscrição do CGC, já deve estar pronta. Dou entrada na inscrição estadual e o que mais for preciso. Quando voltar na semana que vem trago tudo certinho, venho direto para cá.

— Perfeito... J.L., você vai com a gente para a fazenda ou vai ficar por aqui? Se for, tem que ficar lá até nosso retorno.

— Sem crise. Vou com você.

Bugrão voltou-se para o Wallace e pediu que o acompanhasse até a oficina do Negrão. Iria deixar lá sua camioneta guardada. O piloto ainda lhe perguntou:

— Por que não deixar na garagem? — Obteve como resposta o seguinte:

— Prefiro deixar na oficina.

E assim que estacionou o veículo em um lugar indicado pelo Negrão, abriu a parte traseira da camioneta e apanhou uma maleta escondida na tampa da carroceria, o piloto ficou bastante surpreso com o conteúdo na hora em que abriu a tal maleta para conferir o que havia dentro, uma pistola automática, um revólver Taurus calibre 38, ventilado, todo niquelado, uma peça muito bonita e uma mini metralhadora.

— Este revólver trouxe para você, é um presente, está carregado. Sabe usar isto?

— Sei! Mas me diga uma coisa, cara, está pretendendo fazer uma guerra? Pra que tanta arma?

— É... nunca se sabe, temos que estar prevenidos. Quando voltarmos, vamos dar uma descida no Paraguai e apanhar mais algumas. Quero deixar na fazenda. Se o pessoal de lá não souber usar, eu mostro a eles como manejar estas coisas.

— Acha necessário tudo isso cara? A presença delas já por si só estimula a violência, não creio que vamos precisar desse arsenal.

— Vai por mim, piloto. Acho que você ainda não se deu conta do valor em dinheiro envolvido nesse comércio, tal mercadoria desperta cobiça.

Sem mais conversa, dirigiram-se ao aeroporto, enquanto os outros foram por terra levando as peças encomendadas. Contudo, não desconfiavam que estavam sendo vigiados muito discretamente, sem despertar a mínima suspeita. Estavam tão entusiasmados com o desenrolar dos negócios, que pecavam pelo excesso de confiança. Só o Bugrão procurava se cuidar, mas acabava tendo que ir no embalo dos companheiros. Isso não era nada bom: abandonava um pouco a parte profissional da coisa, deixando a guarda muito aberta, o que facilitaria o adversário. Mal sabia ele que o inimigo estava rasteando tudo minuciosamente, já há algum tempo, só esperando uma falha maior para dar o bote.

Pousaram na fazenda ainda antes do almoço, desceram os três, quase que no mesmo instante, e já correram toda a pista, vistoriando parte a parte. J.L. se mostrava muito entendido do assunto, deu alguns palpites, enquanto o Bugrão procurava pontos de defesa, se houvesse necessidade. Pensou em trazer mais gente para cuidar da segurança, porém sabia que não podia assumir a direção da operação. Estava ali para cuidar tão somente da parte do Patrão, o resto era do Piloto e seu pessoal. Aliás, o Patrão o mandara ficar um pouco mais longe de Ponta Porã, exatamente para tentar desviar a atenção dos tiras. Pensava naquele momento exatamente o que Benê pretendia, imaginar que as investigações estavam dirigidas somente para o caso dos rapazes assassinados.

Wallace fez as apresentações, colocou o pessoal da fazenda em contato direto com o Bugrão, com a finalidade de tratarem da segurança sem, contudo, abandonarem as obras que, do ponto de vista do piloto, tinham que ter prioridade, na verdade, o necessário já estava praticamente pronto e em breve seria concluído.

No sábado decolaram com destino à Colômbia, cumprindo o que havia sido combinado, em busca da mercadoria. Seria a primeira grande remessa das muitas que pretendiam trazer, não sem antes, ao sobrevoar as imediações da fronteira, dar uma ligada ao Patrão pelo rádio do aparelho.

— Patrão! Estamos a caminho. E aí, como vão as coisas? Alguma novidade?

— Até agora me parece tudo calmo, e isso é que me preocupa. Está até calmo demais e, sem você por perto, fiquei sem ter quem me informa com mais exatidão o que possa estar acontecendo. Mas não se preocupa, toca o barco, temos que correr atrás do prejuízo. Na volta passa por aqui, vamos trocar ideias pessoalmente, lá com os fornecedores já está tudo em ordem.

— Mais uma coisa, Patrão, sabia que seu irmão está junto com os rapazes desde a semana passada? Diz ter vindo passar alguns dias por aqui e já encontrou aquele baixinho que você não gosta, o tal de Hermes. Achou o cara pelas quebradas de Campo Grande, levando-o para dormir na casa. Dei uma de que não me lembrava do sujeito.

— Me passa ao Wallace, por favor. Wallace? Tudo bem? Escuta isso, meu amigo: mande meu irmão embora, não quero ele por perto. E quanto ao baixinho, cuidado com ele, não confio no sujeito. Se for necessário, fale com o Bugrão e peça para afastá-lo.

— Fica tranquilo, Patrão, eu cuido disso. O resto está tudo bem, vai dar tudo certinho, pode deixar.

Ao pousarem na Colômbia, imediatamente foram cercados por guerrilheiros, aterrissaram pelas coordenadas fornecidas, mas não tinham a menor ideia de onde estavam. Abriram a porta do aparelho, aproximou-se um oficial das guerrilhas, se apresentou e imediatamente ordenou que trouxessem as embalagens que ajudaram a carregar. Pediu que decolassem imediatamente, pois poderiam ser atacados a qualquer momento, aquela região era pretendida pelas forças do governo. Nem bem acabou de falar, ouviram-se berros e tiros de metralhadoras e fuzis. O oficial gritou a eles:

— Vamos, decolem rápido, estamos sendo atacados, ou terão que lutar. Vão, vão!

Ao decolarem, Wallace voltou-se para o Bugrão e disse.

— Não houve tempo para reabastecer. Teremos que parar em algum lugar para fazermos isto.

— Procure uma pista, ou tentemos chegar ao Paraguai.

— Não dá, vou descer em alguma estrada de terra mesmo, na primeira oportunidade eu faço isso.

Mas logo a seguir avistaram uma pequena cidade nas bordas da floresta Amazônica, deu para vislumbrar um pequeno aeroporto. O piloto disse:

— Espero não ser uma área do Exército, porque vou pousar ali mesmo. Não dá mais! — Por sorte só apareceu um funcionário do pequeno aeroporto, que ainda ajudou no abastecimento. Agradeceram, deram uma gorjeta e subiram novamente aliviados.

— É, até agora tudo bem. Verifiquei a carenagem do aparelho, não fomos atingidos por nenhum projetil. Portanto vamos lá.

Pousaram novamente no Paraguai, na fazenda do Patrão, e foram recebidos pessoalmente pelo chefe:

— Como foi tudo, em ordem?

— Nem tudo em boa ordem — respondeu o piloto. Tivemos um susto, fomos atacados pelos soldados do Exército Colombiano, mas foi tudo bem. E com você, chefe?

— É... normal Pedro, está aí sua encomenda, pode carregá-la. E vamos conversar um pouco.

— Patrão, se não for aborrecê-lo, preferíamos ir andando, que já nos atrasamos no caminho. Não gostaria de pousar à noite na fazenda, não temos nenhuma iluminação e esta é a primeira vez que vou chegar no escurecer, não queria complicar.

— Tudo bem, então vão embora, falamos outra hora. Pedro, assim que você desocupar lá, venha para cá, temos negócios a resolver.

— O que você carregou aí, Bugrão?

— Mais algumas armas, vou deixar lá com os homens da fazenda.

Ao iniciar a aterrissagem, o sol já se punha no horizonte. Dava para ver aquela enorme bola de fogo já bem ao longe, só metade, o resto já estava escondido pelas árvores. Ao pousarem aproximou-se um dos empregados e Wallace perguntou:

— Tudo calmo por aqui? E o pessoal?

— Estão na beira do rio, mas estão dizendo entre eles que, se não for precisar deles aqui, irão voltar, parece que não gostam muito de fazenda.

— Acho que terão que voltar mesmo, pois vamos trabalhar bastante por aqui e eles não serão úteis e não precisaremos deles.

## CAPÍTULO 7

# SEM DIREITOS

*Até os mais humildes sonham com a grandeza,
e todos correm atrás do sonho.
Até os velhos que, sem forças,
sonham pelos sonhos dos jovens.*

Benê e a Tenente Cruz chegaram juntos a Campo Grande, vieram um dia antes do combinado para a reunião de todos os investigadores envolvidos na acirrada luta para resolverem o caso que dizia respeito ao tráfico de drogas. Estaria presente, além dos federais, um deputado, encarregado da CPI do narcotráfico. Benê se perguntara que interesse teria aquele político, se o caso ainda estava em investigações preliminares e o ideal seria manter sigilo. Não estava a fim de falar sobre isso, principalmente na frente de pessoas estranhas aos fatos. Onde há político, há jornalistas. Políticos adoram publicidade, acabam divulgando e atrapalhando, e quem poderia afirmar que esse político não estava corrompido pela máfia da fronteira. Havia tantos envolvidos que era impossível confiar em alguém de fora. Por esse motivo, chegaram antes e iriam conversar ainda naquele dia com Martins, em particular, e provavelmente com mais alguns colegas encarregados de acompanhar as investigações do caso na Capital do Estado.

Fizeram um almoço rápido no restaurante do hotel e se dirigiram à Delegacia da Policia Federal. Lá estariam mais à vontade para tratar do assunto.

— Martins! como vai, meu amigo? Esta é a tenente Cruz, agente americana. Está conosco no caso das drogas.

— Como vão? É um prazer, vamos para a sala de reuniões, teremos mais espaço, e está chegando aí meu pessoal. Veremos quais são as novidades. Já estou por dentro da atuação da Tenente no caso, fui informado. Como está o trabalho realizado por vocês lá do outro lado?

— Está indo bem, Delegado, respondeu a Tenente num português bastante fluente. Estamos com aparelhagem de rastreamento por satélite:

todo avião que passa pela fronteira nós tomamos conhecimento, e sabemos para onde vão e quando chegam. Por falar nisso, soubemos que um aparelho decolou no sábado de Mato Grosso, na área próxima ao Pantanal, mais propriamente na região de Cáceres, e dirigiu-se para a Colômbia. Na volta pousou lá pelas imediações de Pedro Juan Caballero no Paraguai, e voltou para o mesmo ponto da decolagem. Só não temos o tipo de aparelho, apenas podemos saber que não se trata de um aparelho grande nem muito veloz. Aterrizou na região controlada pelos guerrilheiros colombianos, não podemos precisar o local da pista, porque ali nossos radares não alcançam. Portanto, temos certeza que este aparelho está sendo usado para o tráfico de drogas ou armas, ou muito provavelmente dos dois.

— Acho que posso fornecer a vocês — disse o delegado com aquele olhar maroto, meneando a cabeça ora para o lado do tenente, ora olhando para Benê — o modelo, a marca e o tipo do aparelho, o prefixo e tudo mais que for necessário, e até quem estava pilotando. Sabemos, com certeza, o local da fazenda de onde o aparelho decolou e como chegar até lá. Que acha, Benê? Vamos pegá-los? Como disse a tenente, já devem ter voltado e provavelmente permanecem na fazenda, não temos informações de nossos espiões de que já tenham retornado aqui para Campo Grande.

— Não! Ainda não, sem precipitações, basta a bobagem que fizemos com a invasão da fazenda em Corumbá, que atrapalhou bastante. Só conseguimos com aquilo deixá-los de sobreaviso, ainda perdemos uma provável testemunha, o químico. Agora vamos fazer tudo para dar o bote certo, na hora certa. Já sabemos que deverá ser muito difícil pôr a mão nesse tal Patrão. Ele coordena tudo sem aparecer, ainda não temos nenhuma prova concreta de sua participação, mas por falar em Corumbá, e no caso do Químico, aquele que se suicidou de forma misteriosa? Pois bem, peguei o cara que suicidou com ele.

Todos olharam curiosos, sem entender muito bem o que Benê queria dizer com "suicidou com ele". Até que, Martins perguntou.

— Explica isso? Quero entender melhor.

— Eu explico, fui até Quijarro, atrás da Mercedes. Perguntando a um subornando outro, num golpe de pura sorte, cheguei a um sujeito chamado Juan, boliviano, barqueiro e pescador, mas um cara que vive muito bem pela profissão. Fui procurá-lo. Quando me identifiquei para a mulher dele, que me atendeu na porta de sua casa, percebi que o cara fugiu apavorado, pulando o muro dos fundos do quintal e correndo em direção ao mato.

Imediatamente nos pusemos atrás dele, alcançando-o. Agarramos o fugitivo, dei voz de prisão, por sorte estava comigo um policial boliviano que está trabalhando conosco lá daquele lado; não tivemos, portanto, nenhuma complicação com a justiça local. Ao encaminhá-lo para interrogatório, no primeiro aperto já confessou tudo: o Bugrão arrumou para ele um gás paralisante, entrou furtivamente pelos fundos da casa do falecido químico, saltando por sobre os muros, e sem que nosso homem o visse, atirou pela janela do quarto o citado produto. Esperou um tempo, para que provocasse o efeito desejado, entrou pela porta da cozinha, arrastou o infeliz para o banheiro na parte de fora e enforcou-o. Através dele soubemos do paradeiro da moça, a Mercedes. A Tenente Cruz nos fez o favor de ir buscá-la em Assunção, onde estava escondida. Agora permanece ainda lá, mas sob custódia da polícia local, para interrogatórios. Já temos juntados alguns elos da corrente criminosa. Aos poucos chegaremos ao principal chefe da quadrilha.

— E quanto aos rapazes assassinados, obteve alguma conclusão mais contundente?

— O guarda da agência Bancária defronte ao hotel, que lhe confidenciei ter escondido juntamente com a família, com receio de que desaparecessem com ele como fizeram com os outros, havia me passado o nome do motorista e o modelo do carro que havia apanhado os rapazes na porta do hotel, naquela manhã. Mas infelizmente o sujeito e o carro desapareceram. Então resolvi dar uma cartada, falei com a Meire a respeito, lembra-se? A moça que estou namorando e sobre a qual já tive oportunidade de lhe falar, agora confia mais em mim que nela própria. Está ciente que vamos nos casar, e horrorizada com o cunhado, portanto, resolveu me ajudar. Indicou alguns elementos que provavelmente estavam juntos no dia do acontecido, pois eram todos amigos e de acordo com seu conhecimento trabalhavam para o mesmo patrão, por inúmeras vezes os havia visto juntos com o Bugrão. Consegui, através dela, o endereço da família deste sujeito do carro, o que desapareceu misteriosamente. Fui primeiramente procurar a mãe e os irmãos do cara, não ajudaram muito, por medo, talvez, ou desconhecimento das atividades do parente, do que duvido muito. Só sabiam que estava desaparecido, mas confirmaram-me que trabalhava com o sujeito sobre o qual a Meire me havia alertado, para o mesmo Patrão, e quem o procurava toda vez que precisava era nada menos que o Bugrão e quem também pagava seus serviços ou salário. Aí se conclui que quem matou ou mandou matar foi, nada mais ou nada menos que o nosso mui amigo Bugrão. Acredito que, ou melhor, tenho certeza de que existe o dedo do Patrão na história. Ainda não peguei o suspeito que estava junto com o desaparecido, segundo minhas investigações, porque o mesmo mora do outro lado da fronteira, em Pedro Juan Caballero. Mas, na primeira oportunidade em que atravessar para o lado brasileiro, será preso por qualquer motivo. Aí saberemos como foi e onde foi cometido o crime e quem mandou matar os rapazes e as testemunhas.

— Um momento, Benê, os meus rapazes já estão aqui na Delegacia — interrompeu Martins. Vou chamá-los para nos relatar mais algumas coisas sobre suas investigações.

Os investigadores entraram na sala, foram apresentados e de imediato começaram a discorrer sobre o que haviam descoberto, um relatório completo.

O mais velho dentre eles, o agente especial Valter, tomou a iniciativa:

— Pois bem... estamos de campana defronte à casa desses traficantes 24 horas por dia, seguindo seus passos para todo lado, sem que sequer sonhem que estão sendo seguidos. Já trabalhamos de pintor de paredes na casa ao lado, já trabalhamos de limpadores de rua em frente, enfim, tudo que possa imaginar. A mais recente informação é que, dias atrás, o tal Bugrão veio para Campo Grande de camioneta e não quis guardá-la na garagem da casa. Preferiu deixar estacionada na oficina de um malandrão aí da praça, um tal Negrão, desconfiamos que o cara está ligado com os bandidos da fronteira, porque a capivara dele é meio longa na justiça, já tem várias passagens e inclusive esteve preso por tráfico de drogas. Plantamos duas garotas de programa, que são informantes nossas, no pé dos caras, e estão saindo com dois deles. Nestes dias, vimos sair de lá o Baixinho, um conhecido marginal do pedaço. Seu nome é Hermes, deve uma pedra pra gente e vamos cobrá-la. Botamos a mão nele e fizemos com que prometesse voltar lá e descobrir o que puder e nos informar tudo. Uma coisa já sabemos, trata-se de tráfico e é coisa muito grande. Por intermédio dele, soubemos que se encontra lá na casa um tal de J.L., é irmão do maior chefão do tráfico e contrabando de armas do Paraguai, e que o Bugrão é o braço direito do tal Patrão. O cara é frio, como uma pedra de gelo, e mata com a maior serenidade. Além disso é vivo pacas, extremamente astuto e desconfiado. No dia em que se encontraram na casa do piloto, fingiu não o conhecer, mas o Bugrão sabe muito bem quem ele é, porém acredita que o mesmo não confia muito nele. Não é pra menos, o baixinho é um tremendo dedo duro.

— Até aí, tudo bem. O trabalho está sendo perfeito, mas me diz, a camioneta do Bugrão ainda está nesta oficina guardada?

— Sim, ainda está.

— Precisava pôr a mão nesse Bugrão, tomar aquela arma dele, mas sem que suspeitasse de nada, e de preferência que a polícia civil fizesse isto e o soltasse logo em seguida. Senão poderíamos deixá-los espertos e iríamos estragar o resto das investigações.

— Tenho a placa do veículo e vou falar com um amigo da civil, me deve alguns favores. Combino com o cara e resolvo esta parada para você, está bem? Faremos ele crer que estamos atrás de veículos roubados e a fim de uma propina. Pegamos o trouxa, tomamos a arma, se estiver com ele, claro, e ainda fazemos ele pagar uma madeira para ficar livre, sem desconfiar de nada. Deixa com a gente, sei como fazer isso.

— Ótimo! Aí terei a prova definitiva se a arma que matou os garotos foi a dele ou não.

— Por falar nisso, antes que me esqueça, dois dos sujeitos da quadrilha já estão de volta: o Chicão e o que chamam de J.L. O contador tinha ido a São Paulo e também retornou. Vamos mandar o baixinho procurá-los e as meninas marcar um encontro. Amanhã teremos mais notícias.

— Tem como pôr algum homem nosso nessa fazenda, Martins? Se houver jeito, será o canal.

A tenente Cruz, que até o momento permanecia calada, só ouvindo, não entendia muito de investigações policiais, por isso preferia só ouvir e aprender. Mas, de repente, apresentou uma alternativa ainda melhor: se não houver essa possibilidade de se colocar um homem nas imediações, ou na fazenda ao lado, como topógrafo ou qualquer outra coisa, instalariam uma escuta, um aparelho de rádio transmissor. Isto ela conseguiria junto ao Departamento de Defesa Americano, se fosse preciso, ou junto ao Departamento Americano de Combate às Drogas, imediatamente.

Projetaram assim seus objetivos, com esta tática: achar um bom espião e colocar naquela área próxima à fazenda do prefeito, mas combinaram não levar ao conhecimento do pessoal da CPI, e na tal reunião não comprometerem o trabalho com maiores informações. Pelo menos deixariam transparecer só o que não pudesse atrapalhar suas investigações, e porque também o trabalho do deputado não tinha nenhuma relação com o que estavam investigando. O que interessava ao Congresso seria o envolvimento de políticos no tráfico de drogas. Se encontrassem alguma evidência, informariam posteriormente. Agora seria bem outra a prioridade.

Retornaram ao hotel após estafantes conversas e cafezinhos, planos e estratégias, enquanto que os homens voltaram às suas funções investigativas.

Na manhã seguinte, entraram na sala de reuniões e passaram o dia ouvindo mais o deputado expor teorias e fazer perguntas vazias que qualquer coisa mais proveitosa. O que houve de bom foi a presença de um coronel do exército brasileiro e um militar graduado do exército paraguaio, que, em conversa com os federais, prometeram designar alguns homens para acompanhá-los nas investigações, ou quando fosse necessário e solicitado. Porém, à noite, ao encerrar a reunião, receberam informações do Delegado Martins sobre a viagem do contador a São Paulo, fizera a abertura de uma empresa de exportação de café, alugaram um salão em Santos para depósito e a firma estava em nome de laranjas. Concluíram que, logicamente, seria usada no tráfico de drogas, mais propriamente na exportação da cocaína, usando a firma fria de fachada e mandando o pó escondido nas sacas de café, através do porto de Santos, para outros países. Só restava saber para onde.

Nesse mesmo tempo toca o telefone, era o Delegado Solano, de Ponta Porã, em tom muito amistoso, demonstrando muita satisfação no timbre das vós, foi logo dizendo:

— Chefe? Tenho boas notícias, vai morrer de alegria.

— Ótimo... estamos precisando de boas notícias mesmo, manda logo, não me deixa ansioso, fala?

— Prendemos o elemento que nos indicou, da quadrilha do Bugrão, quando entrava num barzinho barra pesada, aqui do nosso lado. Enquadramos ele por porte ilegal de armas e posse de drogas. Era pouca, acredito que só para seu uso, mas foi o suficiente para indiciá-lo. Pedi uma prisão provisória ao juiz. Que acha, começamos a interrogá-lo? Ou quer você mesmo fazer o serviço?

— Deixa para eu fazer, amanhã já estarei por aí.

Retornou de Campo Grande superanimado, pensado:

— Até que enfim a sorte parece que está virando para o nosso lado.
— Foi direto para a Delegacia, cumprimentou Solano alegremente:

— E aí, camarada onde está o nosso homem? Não deixaram vazar nada, não é mesmo? Seria bom que não chegasse aos ouvidos do Patrão, senão logo chega aí algum advogado para perturbar.

— Fica frio, companheiro, ninguém sabe de nada. Não deixamos que telefonasse, e não avisamos nenhuma pessoa ligada ao sujeito. O dono do bar presenciou a prisão, mas acredita que tenha sido uma batida policial da Civil, e o cara foi levado por porte de armas e por posse de drogas. Se chegar ao conhecimento do chefe dele, vai ser por este motivo, e vai ser procurado na Delegacia de Polícia Civil. Aqui eu creio que não venham.

— Ótimo!... Então já vou começar a interrogá-lo.

— Precisa de ajuda?

— Me manda o aparelho de choque, talvez precise dele e vamos levá-lo à sala de interrogatórios, certo?

— Muito bem... Benê pediu que o amarrassem com as mãos para trás em uma cadeira pesada, completamente nu, aproximou-se — Mário! Este é seu nome certo?... Faz tempo que estou na sua cola, meu amigo, sei muito sobre você. Portanto, acho bom me responder muito corretamente, sem mentiras, o que vou te perguntar porque senão vou ter muito prazer em te quebrar inteiro. Pra seu governo, meu chapa, sou primo de um daqueles garotos que você matou no dia 20 de abril, e jogou no rio para as piranhas. Lembra?

— Não... respondeu ele, pálido, aparentando estar muito apavorado. Não fui eu não, eu só estava no rancho, mas não fiz isso não!

— Tudo bem, então me conta quem fez e como foi feito?

— O Bugrão chamou a gente pra fazer um trabalho, dar uma prensa em alguns sujeitos que estavam comprando uma mercadoria dele e iam dar o tombo. Ficamos esperando atrás da casa do rancho para não dar bandeira, enquanto ele fazia as perguntas. Disse pra nós que só ia dar umas porradas nos caras pra aprenderem, mas um deles, o mais claro e mais alto levou um soco do Bugrão e sacou uma pistola. Aí saímos de trás da casa e das árvores e metemos bala. Quando eles caíram no chão, o Bugrão deu um tiro na boca e outro na cabeça de cada um, e mandou a gente jogar os corpos no rio enquanto estavam sangrando que as piranhas fariam o resto. Mandou a gente limpar tudo e queimar os pertences, não era para deixar rastro. Isso foi tudo, mas eu não fiz nada, agora não vai me torturar, não é?

— Vontade não me falta, cara, mas não vou não. Escrivão, anota tudo o que o elemento disse, faça-o assinar, e arruma um jeito de ficar com ele na nossa mão. Solicite uma prisão preventiva, este vai ser uma boa testemunha. Agora vou ver quem estava de serviço no hotel naquela noite anterior ao crime. Vai me dizer tudo o que sabe, porque agora sabemos que o hotel é do Patrão, e o Bugrão deve ter invadido o quarto dos meninos para saber quem eram, revistou seus pertences, pois senão não iria adivinhar nunca que eram tiras e não teria mandado queimar seus documentos. Tô certo, chefe?

— Tudo certo, meu amigo, mas me conta como foi a reunião?

— Com o político nada que interessasse, mas com o Martins e o pessoal dele foi excelente. Agora já temos toda a informação que necessitamos, é só começar a agir. Consegui o apoio de um oficial do Exército do Brasil e do Paraguai. Vamos colocar um homem plantado nas imediações da fazenda do Prefeito, temos um informante na casa dos caras em Campo Grande, vamos montar uma estratégia pra pegar o Bugrão e ter em mãos a pistola dele para quando for necessário. No exato momento vamos cair na alma dessa corja e liquidar com essa conexão, estamos conseguindo juntar as provas necessárias. Armaremos o bote e fecharemos o cerco, vamos pegar todos, inclusive o chefão do bando.

— E a garota, meu amigo? O que vai rolar?

— Vou vê-la mais tarde, vou acabar levando a garota comigo para Brasília. Vamos esperar isso tudo acabar, depois eu vejo. Bem, por enquanto obrigado, meu camarada. Já estamos prestes a resolver esse caso, vou ver o que consigo mais evidencias por aí. Quando tudo terminar, terei um juízo formado sobre meu relacionamento com esta menina. Mas para ser-lhe muito sincero, sinto uma falta terrível desta bandida. Às vezes penso que estou apaixonado, não pretendia chegar a tanto, mas aconteceu (...)

Enquanto isso, "na fazenda" Wallace preparava o avião para mais uma viagem a segunda de três programadas para aquele mês, quando Bugrão se aproximou e perguntou como estava de combustível, se havia necessidade de parar em alguma cidade para reabastecer.

— Me parece estar meio tenso, cara, o que está te deixando assim? Aqui está tudo em ordem, temos gasolina para ir e voltar sem maiores problemas.

— É, cara! Sinceramente, tem hora que sinto um negócio estranho, um pressentimento muito esquisito, como se algum coisa ruim estivesse acontecendo ou para acontecer, e eu não posso fazer nada. Sinto-me angustiado, detesto me sentir impotente, mas deve ser essa ociosidade aqui na fazenda, logo passa.

— É, fica frio. Assim que voltarmos da Colômbia, daremos uma ida a Campo Grande, faremos um rolê pela noite, visitaremos algumas garotas. Vamos quebrar a monotonia e ficará tudo certo. Só me diz uma coisa, vamos ter que pousar naquele mesmo lugar? No meio do nada, cercado de soldados e guerrilheiros?

— Acho que não. Assim que estivermos no alto, ligo ao Patrão e peço as coordenadas. Vai ser bom falar com ele, porque assim me informo da situação. É desolador ficar sem notícias, sentindo esta angústia, esta pressão no peito.

— Só espero que, nessa nossa ida e vinda, o prefeito e o Chicão cheguem com o café. Queria já começar a embalar esta cocaína, deixar tudo no jeito, pronto para despachar. Aqui na fazenda não temos mais o que mexer, tá tudo terminado, pista, barracão, tudo.

Os guerrilheiros colombianos haviam retomado o território, que haviam perdido, após aquela primeira investida das forças do governo, por isso ficou definido que pousariam naquela mesma pista e com toda segurança, o que realmente aconteceu. Só que notaram a presença de um contingente maior de guerrilheiros, portanto foi bem sossegado: pousaram, carregaram e subiram, na maior tranquilidade, com tempo para reabastecer, até trocar algumas palavrinhas com o oficial guerrilheiro. Este disse a eles que o comandante não negociava com os cartéis colombianos, porque estes cartéis mantinham ligações com as organizações de direita. Terminando o papo, alçaram voo e tomaram o rumo direto para a fazenda. O Bugrão ainda parecia continuar intrigado com alguma coisa, que pudesse estar acontecendo, sem saber o quê. Mas como houvera sido tranquilizado pelas informações obtidas quando de sua conversa pelo rádio do avião com o Patrão, logo após terem decolado, de que nada de anormal estava acontecendo por lá, e que deveria preocupar-se tão somente com aquela empreitada, ficou com um pensamento: será que está tudo bem mesmo!? Ou ele não quis alongar a conversa e omitiu alguma coisa! Bem... o que poderia fazer? Nada por enquanto.

Chegaram bem, descarregaram e naquela mesma tarde resolveram retornar a Campo Grande, chegaram já noite escura, pouco mais de 21 h. Wallace, voltando-se para o Bugrão, perguntou-lhe:

— Vamos descansar ou quer dar umas voltas?

— Vamos descansar, amanhã logo cedo apanho minha Camioneta na oficina do Negrão e, conforme for, estou com vontade de dar um pulo em Ponta Porã. Alguma coisa está errada, mesmo o Patrão tentando me tranquilizar, dizendo que está tudo bem, este pressentimento não me abandona, sempre que algo ruim está para acontecer tenho estes mesmos sintomas. Quero sentir de perto e, se preciso for, resolver essa parada. Este sentimento me sufoca, tenho certeza que está acontecendo algo.

— Fica frio, cara! Deve ser a tensão das viagens, não há de ser nada. Se você realmente resolver ir, eu te levo de avião, deixa o carro aí.

— Não! Vou com a minha camioneta, quero dar umas voltas por aquelas bandas, ver como está minha garota. Faz tempo que não a vejo, e algumas coisas mais que deixei pendentes, sem resolver. Já que deveremos voltar a voar só na próxima semana, vou ter tempo suficiente para verificar tudo o que preciso.

Chegaram na casa do Piloto em um táxi particular, Wallace pagou o motorista. Bugrão sentiu uma espécie de calafrio, arrepiou-se todo, esfregou os braços, como que se quisesse esquentar de uma corrente fria, olhou para os dois lados da rua. Só havia dois sujeitos conversando na esquina e uma senhora que vinha pela calçada. Acabara de sair da padaria com um pacote, provavelmente pão. Pensou consigo mesmo: devo estar vendo fantasmas!... e entraram porta adentro. Encontraram só o contador, os outros dois comparsas haviam saído com as garotas e o baixinho. Foi uma informação que deixou o Bugrão um tanto aborrecido, e foi logo dizendo:

— É, esse baixinho ainda vai complicar a gente. Acho que é isto que está me deixando ainda mais intrigado.

— Ô, cara! Não esquenta, assim que chegarem vou falar com eles. Mando cortar esse relacionamento, e dar um jeito de mandar o J.L. de volta para Manaus. Vou dizer que não quero encrencas com o Patrão, deixa comigo.

Bugrão levantou-se bem cedo, e mesmo sem tomar café, já se dirigiu direto à oficina do Negrão, a fim de pegar a camioneta e viajar o mais rápido possível para a fronteira. Ao descer do taxi, já estavam abrindo a oficina, porém imediatamente entrou para dentro do carro novamente, pedindo ao motorista que tocasse um pouco mais para frente e parasse somente no meio do próximo quarteirão. O motorista estranhou, perguntando:

— Algum problema, senhor?

— Não! Nada de mais. Só achei um pouco estranho aqueles dois sujeitos que abordaram o Negrão na porta da oficina. Ao descerem do carro, um deles ajeitou uma arma na cintura, coisa estranha, não acha?

— Não se preocupe, senhor, eu também notei e achei estranho, mas ao olhar melhor vi que se trata de um policial conhecido aí na praça, gente fina, é da civil. Deve ter deixado seu carro para arrumar aí no Negrão. O senhor achou que poderia ser ladrão? Não se preocupa, conheço o cara, só não sei quem é o outro que o acompanha. Deve ser novo na polícia, já que conheço todo mundo.

— Tudo certo, meu amigo, me deixa aqui mesmo e obrigado.

Pagou o taxi e imediatamente foi a um telefone de orelhão. Fez a ligação, reconheceu o alô, foi logo dizendo:

— Amigão, sou eu, pega seu carro, desce a 14 de julho sentido bairro, em 15 minutos te ligo.

Wallace não entendeu nada, mas não discutiu. Levantou-se rápido vestiu-se e saiu. Como havia sido combinado, em quinze minutos tocou seu celular:

— Sou eu novamente, me encontre na quadra de cima da oficina, tem algo acontecendo de errado.

Ao aproximar-se, lentamente, nem bem estacionou, o Bugrão entrou no carro ainda em movimento, e contou o que viu e sua desconfiança.

— Está bem... vamos ligar ao Negrão e perguntar se está tudo em ordem; conforme a resposta saberemos como proceder, certo?

— Perfeito, eu ligo. Me empresta o telefone, o meu está descarregado. Quem fala?

— É o Negrão, pode dizer, o que manda?

— Negrão! Presta bem atenção e responde, sim ou não. Já reconheceu a voz, não é mesmo?

— Claro, bicho como vai, anda sumido hem?

— Vi dois tiras entrando aí, seria alguma armação?

Foi aí que o Bugrão entendeu perfeitamente o que se passava, na resposta do Negrão através de meias palavras, usando códigos que só eles conheciam. Foi dizendo de forma que o amigo decifrasse nas entrelinhas:

— Seu carro não ficou pronto não, meu chapa, vou ter que abrir o motor e analisar. Deve ter algum problema lá dentro que não dá pra descobrir só de ouvido. Sem abrir não posso te dizer o que é, nem adianta vir buscar tão cedo, vou verificar o que está acontecendo nesta mecânica e te mando o orçamento depois, certo?

— Entendi, vou deixá-la aí e pego outra hora. Cuida bem desta máquina, que é uma das minhas paixões. Obrigado, amigo.

— É, cara! Pelo que ele me falou tem gente armando uma bela armadilha pra cima de mim. É melhor eu aceitar sua sugestão e ir de avião. Mais tarde você manda alguém pegar minha camioneta, certo?

— Mas é bom me dizer o que está acontecendo. Será que descobriram alguma coisa do nosso negócio? Será que vai dar zebra? Depois de tantos planejamentos e tanta luta para chegar até aqui, não pode fazer água.

— Não se preocupa com isso, o caso é bem outro, vou te contar. Há algum tempo atrás, apaguei uns caras lá na fronteira. Os pilantras eram tiras, e por azar um deles era parente de um federal, e esse sujeito está babando para pegar quem matou seu parente. A coisa deve ser somente comigo, trata-se de vingança. Se fosse a respeito da coca, eles já teriam ido pra cima de você, não acha? Os caras estão mesmo é na minha cola, mas não vou dar moleza. Vou investigar e, se for necessário, me afasto por uns tempos.

— Tá legal! Então vamos direto ao aeroporto, te deixo no Paraguai e, assim que tiver mais informações, me coloca a par, certo? Agora, quem vai ficar intrigado sou eu, e qualquer dúvida teremos que nos precaver.

Depois de muito esperar, iam lá fora, voltavam para dentro da oficina, sentaram e levantaram tantas vezes que já estavam impacientes, os dois policiais concluíram que, ou o Bugrão desistiu de apanhar a camioneta, ou desconfiou de alguma coisa e mudou o itinerário. Quando o viram sair de casa e pegar um táxi, estavam tão confiantes em qual seria seu objetivo, que nem se preocuparam em anotar qual táxi o cara havia pego. Vieram rápido para a oficina, certos de pôr a mão no famigerado bandido. Já convictos de o terem perdido, após longa espera, ligaram ao Delegado:

— Chefe! o sujeito deve ter desconfiado e deu o fora.

— É! o cara é liso como sabão e astuto como uma serpente, só dá o bote na certeza. Voltem aos seus postos e esperem outra oportunidade, sem precipitação. Só fiquem de olho, vou comunicar o Benê e tentar saber onde esse indivíduo foi parar.

Ao desembarcarem no Paraguai, Bugrão entrou em contato com o Patrão, falaram do assunto bastante apreensivos. Então este achou melhor que se dirigissem à fazenda dele, lá conversariam melhor.

O Patrão achou por bem que o Bugrão permanecesse na fazenda por alguns tempos até que a poeira abaixasse, falou da prisão de um de seus homens, mas isto por porte ilegal de armas. Colocou o advogado Júnior para cuidar do caso, achou que poderia ser coisa simples, bastaria pagar uma pequena fiança, desses caras cair em cana era mais que normal. A preocupação maior agora estava nesta investida na oficina do Negrão. Como será que descobriram ou desconfiaram que o Bugrão estaria lá naquele horário e, afinal das contas, o Negrão era o elo de ligação dele com o pessoal de Campo Grande. Agora iria parar e procurar outro meio, iria inclusive trazer para a fazenda a moça Meire e segurá-la por lá algum tempo, afastá-la de perto do tira e tê-la ao seu alcance.

Foi nesse meio tempo que o Bugrão interrompeu, dizendo:

— Acho que sei o que está acontecendo!...

— Então fala, homem? (...).

— Seu irmão continua saindo com o baixinho Hermes e umas vagabundas lá de Campo Grande, no mínimo esse cara já entregou a gente para a polícia. Por sorte o taxista reconheceu o tira que estava na porta da oficina do Negrão e disse-me ser da civil, e eles não tem maiores ligações com a Federal.

Pairou um silêncio momentâneo, o Patrão conjecturou sobre o fato, coçou o queixo, numa expressão clara de preocupação, e quebrou o silêncio, mudando de assunto. Depois de longa conversa, mandou Wallace de volta e achou melhor que a próxima viagem fizesse sozinho, ou com quem escolhesse de seu pessoal, já que estava mais íntimo dos colombianos, seria desnecessária a presença do Bugrão.

Wallace voltou para Campo grande, entrou em casa, encontrando ainda todos esticados em suas camas, dormindo, sem se darem conta do que havia se passado ou sequer pensando se teria ocorrido alguma coisa. Só o contador já estava em pé, tomando uma xícara de café, e foi quem perguntou:

— Por onde andou, cara? Sumiu logo cedo com o Bugrão. Só agora está voltando?

— Nada não! O Bugrão quis ir pra casa e fui levá-lo. Esse pessoal dorme barbaridade, como pode?

Neste meio tempo, Martins mandou que trouxessem até ele o baixinho e as duas garotas, sabia que tinham estado juntos com J.L. e Chicão:

— Desculpem ter tirado vocês da cama, "disse como que isso o houvera preocupado", mas preciso de algumas informações e acho que podem me fornecer, não é mesmo?

— Pô, chefe, esse negócio de caguetagem pega mal pacas. Se os caras ficam sabendo, estou ferrado.

— Não vão ficar sabendo. E se não disser o que queremos, está ferrado conosco da mesma forma, sabia?

— É, vou dizer: pelo que eu soube, estão trazendo o bagulho da Colômbia.

Foi logo soltando a língua, não era dado a suportar torturas ou segurar segredos.

— Quem tá financiando é o Patrão, só que o cara não aparece na jogada. E como a coisa sujou na Bolívia, montaram essa conexão com os colombianos e os caras daqui. A mercadoria vai ser mandada para os Estados Unidos por navio, com nota fiscal e tudo. Só não sei pra quem vai, os trutas estão por fora, acho que só o piloto sabe. Não me disseram mais nada, e o Bugrão deu uma dura neles por manterem amizade comigo, já está desconfiado.

— Já ajudou bastante, pode ir.

Pegou o telefone e ligou.

— Benê! Já tenho o esquema montado para colocar um homem nosso na fazenda do prefeito. Escuta essa, há males que vêm pra bem: está tendo um conflito de terras na região, e bem perto de lá, entre posseiros, fazendeiros e índios. Nosso amigo vai como funcionário da FUNAI, pede para medir as terras de propriedade do prefeito e fotografa tudo e anota os detalhes que precisamos, que acha?

— Melhor impossível. Até que essa briga por terra pode nos ser útil, e ouça isto: estou sabendo que o piloto esteve aqui hoje, acredito que veio trazer o Bugrão. Devem ter desconfiado de alguma coisa por aí, vou procurar saber. Tem mais algum assunto para me dizer?

— Só mais um: é que já estou sabendo de toda a armação deste pessoal. Trouxe até aqui o baixinho e as garotas, arrancamos as informações que precisávamos. Tudo indica que farão mais uma viagem à Colômbia na próxima semana e vai ser a última antes de mandarem pra fora a mercadoria que já possuem estocada, e pelo que me consta não é pouca. Temos que montar uma estratégia para apanhar todo mundo junto, e precisa ser urgente. A camioneta do sujeito ficou lá na oficina, realmente deve ter desconfiado ou percebido algo. Se ele já estiver por aí é sinal que desconfiou. Deixou o veículo e se mandou.

— Não se aborreça com isso, já tenho a testemunha ideal engaiolada, estará comigo até na hora do julgamento. E possuo as provas necessárias pra pôr as mãos neste assassino. Assim que atravessar para o território brasileiro nós o pegamos. Deixa esse caso pra lá e vamos nos concentrar no narcotráfico daqui para a frente, certo?

— Tudo bem! Do jeito que quiser.

Wallace, enquanto isso, entrou no quarto dos dois dorminhocos, acendeu a luz e em tom de brincadeira foi dizendo:

— Vamos seus vagabundos, acham que vão passar o dia na cama? Sem essa, temos que trabalhar.

— Pô, cara! Deixa a gente dormir, passamos a noite toda na gandaia, cheirando e bebendo todas, nem vimos você chegar, meu.

— É! mas cheguei ontem à noite, e vocês já estavam pra rua. Hoje já fui ao Paraguai e voltei, e vocês aí de boa, tomem um banho e vamos trocar umas ideias, tá bem?

— Estamos indo.

Logo a seguir, sentaram-se à mesa, Wallace expôs toda a situação. Contou o caso da oficina, pediu para afastarem o baixinho e as garotas, e sugeriu ao J.L. que voltasse para Manaus imediatamente. Não quis atender, alegou que tinha alguns problemas em Manaus e iria ficar mais alguns dias. Assim que o contador terminasse seu trabalho, iriam juntos. Mas prometeu ficar longe das garotas e ia dispensar o baixinho. Quanto ao Chicão, ficou determinado que iria imediatamente em busca do café, juntamente com o prefeito e um motorista de carretas. Foram até a oficina do Negrão apanhar a camioneta do Bugrão, verificaram se não havia nada estranho antes de entrarem, como perceberam tudo normal, entraram pelos fundos, através do lava-jato e foram à procura do Negrão, perguntando se fora novamente procurado pelos tiras e o que achava que estivesse acontecendo?

— Estiveram aqui pela manhã somente aquele dia. Os dois sujeitos da polícia acharam que eu não os conhecia, mas um deles conheço e muito bem: é um tira sujo da civil. Falaram que tinham marcado com um amigo para se encontrarem aqui, e foram pra perto da camioneta do Bugrão. Desconfiei de alguma coisa, mas não disse nada, e tão pouco perguntei de quem se tratava. Como a pessoa não apareceu, lógico, o Bugrão é vivo pra caramba, deu no pé, os caras desanimaram e foram embora. Você vai levar a camioneta do Bugrão? Vai com cuidado, os homens parecem estar de olho. Pediria a vocês dar um tempo e que não mandem nada por uns dias. Vamos esperar.

## CAPÍTULO 8

# DANOS E PERDAS

*A felicidade plena é alcançada
quando realizamos nossos sonhos.
O sonho só acaba quando morremos.*

No instante em que Wallace pousou na fazenda, calçou as rodas do aeroplano para que o vento não o empurrasse, veio correndo ao seu encontro o capataz.

— Bom dia, seu Wallace! Cadê o Bugrão? — sem esperar a resposta, continuou falando enquanto ajudava a descarregar os galões de gasolina que o piloto trouxera como reserva e para alguma emergência:

— Teve um homem por aqui com um monte de aparelhos de topografia, máquina fotográfica. Queria fazer uma medição aqui na fazenda, mas não deixei não. Disse a ele que voltasse quando os senhores estivessem presentes.

— O sujeito disse quem era e o que pretendia?

— Disse ser da FUNAI, está havendo um conflito entre posseiros e índios na região, tem fazendeiro também metido. Isso nós estamos sabendo, e o bafafá é por perto. De vez em quando a gente houve o tropel por aí, então designaram este sujeito para tentar resolver o problema, redemarcando as terras por aqui, e manter contato com os briguentos da região. Montou acampamento na fazenda vizinha.

— Pena que não tenha vindo antes, quando estávamos construindo a pista, o cara podia ter dado uma mão pra gente. Se voltar por aqui eu falo com ele. Me diz, lhe pareceu suspeito?

— Não, que nada, o fulano é até muito bacana, deve gostar muito de pesca, igual ao senhor. Perguntou do rio, que tipo de peixe tem, se tem jacaré ou outro bicho perigoso, porque gostaria muito de dar uma pescada. Só não tem coragem de ir sozinho, me confidenciou ele. E quanto a isso, disse a ele para vir conversar com o senhor, quem sabe, gente é o que não falta para acompanhá-lo numa boa pescaria.

— É, se o cara gosta de pescaria e não perguntou nada sobre as atividades aqui na fazenda, é gente boa.

— Ah! isso ele perguntou, sim, se tínhamos muito gado e qual era nossa atividade. Eu respondi que estamos esperando autorização do IBAMA para explorar madeira, e vamos começar a cuidar da terra para plantar assim que chover.

— Fez muito bem, às vezes o cara é fiscal, e pode querer ferrar o prefeito, metendo multa a torto e a direito. Bem, por enquanto vamos manter esse topógrafo meio longe. O Chicão e o Maurício estão chegando por aí com uma carreta de café e não quero que fiquem sabendo. Café por essas bandas... não combina. Mas vamos começar a preparar a mercadoria que temos aí guardada, que no decorrer desta semana vou buscar mais. Desta vez irei só, o Bugrão foi ao Paraguai resolver alguns problemas particulares e vai ficar por lá. Porém, as orientações sobre a segurança que ele deixou permanecem, coloque sempre um homem de guarda, não podemos ter surpresas.

— Pode deixar, cuido disso, nada vai aproximar-se do barracão enquanto o senhor mexe com a mercadoria. Chefe, fica frio.

Bugrão continuava com aquela mesma sensação de perigo iminente, aquela angústia por estar ali parado, sem notícias, sem atividades, voltou para o Paraguai ciente que iria resolver todos os problemas que o afligia, e o Patrão o manteve ali afastado de tudo e de todos. Saiu passeando pelo jardim da frente da casa para se distrair e deu de cara com Meire, que da mesma forma se sentia oprimida e prisioneira naquela casa. Por mais de uma vez tentou sair e foi barrada. Ao ver o Bugrão se aproximando, perguntou de chofre:

— Você sabe porque meu cunhado está me mantendo prisioneira nesta casa?

— Você já experimentou perguntar a ele?

— Já! E ele me deu uma resposta esfarrapada, disse que seria para minha segurança, mas segurança do quê? Dele? Não tenho nada com o rolo de vocês, até hoje só ajudei.

— É, mas ganhou muito bem para ajudar, e errou ao mudar de lado, se apaixonar pelo tira pode não ser muito bom para a saúde. Apaguei o parente dele, agora será ele que vai ser liquidado, pode esquecer o sujeito, assim irá sofrer menos.

— Você está pensando que vai ser fácil, não é mesmo? — Perguntou bastante apreensiva sem muita convicção, e já com lágrimas nos olhos, de ódio e ao mesmo tempo medo. Tirou do fundo do peito uma coragem indômita e foi dizendo em tom de ameaça e desprezo:

— Tanto você como meu cunhado pensam que podem dominar o mundo a ferro e fogo! Mas seu domínio está indo por água abaixo: Benê já descobriu tudo, sabe muito bem que você matou o primo dele e os outros companheiros que estavam juntos. Já tem um capanga seu preso, sua namorada boliviana e seu jagunço barqueiro, todos presos, e vão testemunhar contra você e meu cunhado, assim que Benê pôr as mãos em cima de vocês.

Bugrão sentiu-se como se tivesse levado um soco direto no queixo, lívido e tenso, permaneceu quieto por alguns segundos, como se estivesse recuperando o fôlego.

— Que mais você sabe sua piranha? Fala? — Pela primeira vez se sentia acuado, o sangue subiu-lhe a cabeça, por pouco não acaba com a vida da garota ali mesmo, mas conseguiu conter-se, armou o punho para arremessar contra seu rosto. Por sorte, o Patrão ouviu a discussão e saiu para fora, a tempo de contê-lo ao gritar:

— Pare, Bugrão! O que está fazendo, cara?

— A sua cunhada está por dentro de tudo, chefe, e não contou para a gente exatamente o que sabe. Acho até que está nos traindo para aquele tira nojento.

— É! eu já estava desconfiado, por esse motivo ela está aqui, sendo vigiada de perto, para não nos criar mais problemas lá fora. Vá lá pra dentro de casa, garota, e não me saia nem para o quintal, senão... não vou mais interferir se quiserem lhe agredir. Mandei sua irmã viajar, não tem ninguém para protegê-la, voltando-se para o capanga. O que foi que ela disse, Pedro?

— Que o tira tem um homem nosso preso, por isso o advogado não achou o cara, e que pegou a Mercedes e o Juan. Nestas alturas já deve saber de nossas atividades em relação ao tráfico de drogas e tudo mais.

— Se pegou a Mercedes aqui no Paraguai e o Juan na Bolívia, devem ter feito algum acordo com as autoridades destes Países, ou estão agindo por conta própria, às escondidas, sem o conhecimento destas autoridades. No primeiro caso terão que seguir por vias legais, não terão como nos pegar, não existem provas contra mim. Se forem agir por conta própria, podemos acabar com eles e alegar legítima defesa, pois não sabemos se são policiais ou bandidos. De qualquer maneira, vou tentar obter informações, e você fique por aqui, Pedro, aumente a segurança.

E saiu tão transtornado, pensando por onde começar e de que forma, que nem se deu conta de comunicar o pessoal de Campo Grande, o que seria impossível de momento, pois na fazenda do Mato Grosso não havia jeito de comunicar, o sinal do celular não alcançava. Não tinham telefone fixo e tampouco rádio, só o do avião, mas se tentasse por aí, poderia ser interceptada a transmissão.

Passados dois dias na tranquilidade da fazenda, longe da turbulência e dos transtornos que afligia seus pares do outro lado da fronteira, Wallace embalava a coca, pois os outros não possuíam a mínima habilidade, enquanto o Patrão, em Pedro Juan Caballero, tentava descobrir o que estava acontecendo e ainda se colocar a salvo, tenso, nervoso, sem conseguir raciocinar de forma adequada, sentia-se perdido.

Enquanto isso, chegava pela trilha a carreta carregada de sacas de café, levantando muita poeira e fazendo um tremendo barulho característico de motor arrastando peso, ecoando por aquela estrada quase sempre abandonada, que mais parecia uma picada no meio da mata do que propriamente uma estrada. Chegaram extenuados, cansados, suando por todos os poros por causa do calor. Encostaram a carreta ao lado do barracão e o prefeito que havia ido junto, gritou a seguir:

— Muito bem, pessoal, vamos começar a descarregar tudo isto aqui. Todo mundo vem dar uma mãozinha, enquanto batia poeira da roupa. Chicão e Maurício estacionaram o carro mais perto da casa da sede da fazenda, e se aproximaram sorridentes:

— E aí, companheiro, falta mais alguma coisa?

— Não! Agora está tudo aí, mas não podemos pôr todo o pessoal para trabalhar na descarga, alguém tem que ficar de guarda.

— Pegou a doença do Bugrão, cara? Neste fim de mundo não aparece viva alma, estamos andando nestas estradas há dois dias, só se vê animais e índios famintos.

Chicão disse isso com bastante convicção, não tinha a menor ideia do que poderia estar acontecendo, mas algo lhe dizia no íntimo que deveriam tomar cuidado e respondeu ao amigo:

— Mas é bom não vacilar. Por esses dias mesmo apareceu por aqui um engenheiro agrônomo bisbilhotando, não falei com o sujeito e não sei se realmente é da FUNAI, como disse ao capataz, ou se é fiscal do Ibama ou se é Federal disfarçado.

— Não é a primeira vez que aparecem, não, cara — respondeu de imediato o prefeito. — Nós temos tido problemas constantes por estas bandas: são os posseiros invadindo a terra dos fazendeiros e os fazendeiros entrando nas terras dos índios. Aqui isto é normal, pode deitar e dormir sossegado. Se o cara voltar tenho uma cópia da escritura e um mapa com as medidas da fazenda com o carimbo da FUNAI. Tá tudo legal, estamos fora do território indígena, pode deixar isto comigo e vamos trabalhar.

Nem bem terminaram de falar, ouviram um sinal do guarda que haviam colocado perto da porteira, um tiro para o alto. Puxaram a lona por cima da carga, pararam imediatamente e seguiram todos em direção da casa, o mais longe possível do barracão e da pista do avião. Os peões pegaram suas armas e ficaram de sobreaviso, esperando ordem para que atitude tomar. Wallace pediu ao prefeito que fosse verificar; se fosse o tal agrônomo levá-lo à casa sede, para saberem realmente quem era e o que pretendia.

O engenheiro agrônomo estacionou seu Jeep com emblema do Estado e com inscrições da FUNAI, ao lado da casa e entrou com o prefeito. Notou todos lívidos, nervosos, com uma certa palidez. Percebeu de imediato pelas fisionomias que algo de errado estavam fazendo, isto era característico de quem tem culpa no cartório, procurou quebrar a tensão.

— Boa tarde, pessoal. Caramba! parece que vamos derreter, ô lugar quente! E como tem mosca, não é mesmo? Bem... falei aqui com o proprietário da fazenda e ficou de me fornecer a escritura e o mapa. Assim me facilita, não vou ter que andar a fazenda toda esticando a trena. O senhor não faz questão se eu levar o mapa comigo até o acampamento? Logo eu o devolvo, pode ser?

— Sem dúvida Senhor, o capataz nos disse a respeito de seu trabalho.

— E aí? Já está terminando?

— Pelo tamanho da região e pelo tamanho do conflito, posso lhes assegurar que nem comecei, a coisa vai longe, ainda mais que não tenho tanta experiência. Tenho que confessar, meu negócio sempre foi estradas e rodovias, nunca tive que me meter com briga de posseiros até passar neste concurso. Ingressei e já me mandaram pra cá sem treinamento e sem materiais suficientes. Sabem como são essas coisas do governo, tudo de última hora e de improviso.

Disse isso tudo buscando disfarçar o mais que pudesse e dar credibilidade a este seu disfarce.

O prefeito, querendo ser agradável, convidou o homem a ficar para o jantar, Wallace deu uma olhada ao prefeito que parecia uma flecha carregada de veneno. O suposto agrônomo percebeu, deu mais uma disfarçada e respondeu:

— Não, senhor, eu agradeço, mas vou adiantar meu trabalho. Como disse, a prática é pouca, tenho que compensar com trabalho. Até logo para todos. — Foi saindo, mas pelo tanto de comida que estava sendo feita pelo cozinheiro e pelo tanto de talheres, dava pra se ter uma noção da quantidade de gente que havia naquele local. Percebeu que estavam muito bem armados e preparados para qualquer eventualidade. Agora já colocaram guardas armados em lugares estratégicos. Isto demonstra que estão preocupados em esconder alguma coisa, e o caminhão carregado que chegou exalava um cheiro forte de café, não poderia ser outra coisa. Bem, já estaria dando por encerrada sua missão, pensando em cair fora, e, quanto mais cedo pudesse, enviar um relatório aos seus superiores e uma cópia ao amigo Martins, que estava ansioso por suas notícias, mais sedo tomariam providencias.

Os homens voltaram ao trabalho mais tranquilos, pensando firmemente que o sujeito não voltaria mais e realmente trabalhava para a FUNAI. Foi só um susto, uma desconfiança sem fundamento. Descarregaram e abriram as sacas naquela tarde mesmo, foram bastante objetivos, não havia tempo a perder. No dia seguinte já teriam mais da metade da carga reembalada e pesada. Enquanto o piloto fosse à Colômbia e voltasse, já teriam aprontado toda a mercadoria que tinham em estoque, ficando para concluir tão somente a que trouxessem nesta próxima viagem.

Chicão, terminado o trabalho, virou-se para Wallace e perguntou:

— Quer que eu vá com você até a Colômbia, ou prefere ir só?

— Se você quiser ir... não tem problema. Seria até bom uma companhia, a viagem fica menos monótona.

— Vai passar pelo Paraguai para falar com o Patrão?

— Não será necessário, já tenho todas as coordenadas. Agora só vou falar com ele depois que estiver tudo pronto, com a mercadoria já em

Santos e em condições de fazer as notas fiscais de exportação. Vamos precisar dos dados da firma nos Estados Unidos. Certa vez ele me disse que o gringo me procuraria, mas até agora não apareceu, provavelmente não irá aparecer.

    Martinez, por sua vez, voltou para sua fazenda bastante preocupado, pois não conseguira nenhuma informação concreta. Ligara ao Turco, tentando tirar dele qualquer notícia, e recebeu como resposta que o Turco havia viajado, tirou férias, viajou para o México, sem marcar data de retorno. Ligou para o Doutor Júnior, informaram que tinha ido a Campo Grande fazer uma audiência. Aí pensou. Não é possível! Esses caras estão se escondendo de mim. Chamou o Bugrão na sala, contou-lhe suas preocupações e disse:

    — Acho que o Turco está certo, o ideal seria viajarmos também.

    — Mas como, Patrão? E a operação que está sendo realizada pelo grupo do Brasil. Não podemos abandoná-la, já temos lá mais de 600 quilos de mercadoria, lá pelo menos parece estar tudo limpo. Faremos o seguinte: vou à cidade, coloco um disfarce, procuro aquele tira e onde estiver meto umas tantas balas nele. O resto vai pensar duas vezes antes de se meterem com a gente. Procuro saber onde está guardado nosso homem e dou um jeito de apagar esse também. Já dei um sumiço no outro, não me custa acabar com esse.

    Sem que notassem. Toda essa conversa foi ouvida pela moça Meire, pois justo na hora em que descia a escada que dá para a sala, entrou o Patrão porta adentro, chamando pelo Bugrão. Teve tempo suficiente para esconder-se debaixo da escada, atrás de um grande vaso que enfeitava o ambiente. Ouvira todo o diálogo, e agora mais do que nunca teria que dar um jeito de avisar o Benê das intenções do Bugrão.

    Ouviu ainda o chefe dizendo que Pedro tinha razão, não poderia fugir agora e deixar aquela grana toda parada ou perdida:

    — Tudo bem, Bugrão!... vá lá, e faça o maior estrago na linha de frente deles. Se preciso, meta fogo na Delegacia. Temos que ganhar tempo, inclusive avisar o pessoal de Campo Grande o que está acontecendo e, se puderem arrumar outro local para colocar aquela mercadoria toda. Vou voltar ao cassino e de lá tentar contato com o pessoal pelo rádio. Você fique por aí deverá agir à noite, pega meu carro e vai atrás de cumprir este objetivo, combinado?

    — É, o melhor é realmente esperar escurecer.

Meire, despercebidamente, conseguiu sair por uma porta lateral, foi até as garagens, entrou no porta-malas do carro do Patrão, fechou por dentro sem bater a tampa, senão seria sufocada. Aquilo parecia uma sauna. Quando chegou à garagem privativa do cassino, abriu o porta-malas, uma brisa fresca a acolheu, sentiu um tremendo alívio, respirou profundamente buscando encher o pulmão com todo oxigênio que pudesse. Estava completamente molhada de suor, a roupa toda, não tinha jeito de sair para a rua como estava. Ainda sem ser notada, entrou no teatro do cassino, procurou o camarim atrás do palco. Por sorte tinha por lá algumas peças de roupa seca, trocou-se e enquanto fazia isto, lembrou que ali existia um aparelho telefônico. Foi até ele sorrateiramente, naquele horário não costumava ter ninguém por perto, mesmo assim mantinha a respiração e os movimentos bem lentos com muito cuidado, sabia perfeitamente o risco que estava correndo. Discou no celular do Benê. Assim que ele atendeu sem demora, foi dizendo toda conversa que ouvira naquela sala enquanto esteve debaixo da escada, ainda com um sussurro pediu todo cuidado, pois sabia muito bem do que o Bugrão era capaz.

Benê agradeceu todo o esforço que ela estava fazendo e concluiu falando:

— Não imagina como estava preocupado sem notícias suas, me diz onde você está, que estou indo pegá-la.

— Não! Não pode... estou bem na toca do lobo, estou aqui no cassino. Vou tentar voltar para a fazenda, senão poderão piorar as coisas. Você entendeu bem o que lhe disse sobre esse pessoal de Campo Grande, que meu cunhado pretende alertar?

— Pode deixar, minha querida, foi muito bom ter me avisado. Só que acho que está se arriscando muito. Deixa este Bugrão me procurar, vai ser excelente, assim já meto o pilantra atrás das grades. Vou ficar esperto, pode deixar, e muito obrigado, se cuida tá? Lembra, te amo.

No momento que Meire colocou o telefone no gancho, teve um sobressalto, estremeceu o corpo todo, pois, entrou um empregado do cassino e com uma arma na mão enquadrou a moça, dizendo:

— Muito bem, mocinha, vamos subir, o patrão vai gostar de te ver. Patrão! essa danada estava ligando para alguma pessoa lá do teatro.

— De que jeito você veio parar aqui, garota? Eu pedi pra você não sair da fazenda, detesto que me desobedeçam. Agora vou te deixar trancada. Até já sei pra quem estava ligando, para aquele tira vagabundo.

— Eu vim no porta-malas do carro, entrei quando você estava distraído na fazenda e juro que não deu tempo de falar com ninguém. Esse dedo duro chegou na hora, minha roupa estava toda molhada de suor, fui lá embaixo mais pra trocar de roupa.

— Está bem... vamos voltar à fazenda, se tentar fugir novamente, vou te amarrar. Olha lá se não der cabo de você de uma vez por todas, já estou ficando irritado e nestas condições você sabe muito bem o que sou capaz.

Já na fazenda, quase que arrastando a moça para dentro da casa, foi gritando nervoso demonstrando que estava perdendo a calma habitual, pois sempre cuidou de tudo com muita serenidade:

— Seus imbecis, não pedi para cuidarem da garota?

— Onde achou essa gata brava, Patrão?

— Saiu escondida no porta-malas, acho melhor abortar essa operação, Bugrão. Não sabemos se o cara foi avisado, é melhor não arriscar.

O telefonema da garota foi providencial, dessa forma Benê imediatamente movimentou a Polícia Federal toda, bloqueando as possíveis ligações e colocando todos em alerta, impossibilitando qualquer comunicação entre o Patrão com a fazenda do prefeito. Enquanto seus companheiros tomavam as devidas providências, ligou ao Martins e este lhe informou que o homem que estava trabalhando nas imediações da fazenda em Mato Grosso já concluíra sua missão e estava passando toda a coordenada. Enviaria uma cópia por fax, direto à Delegacia de Ponta Porã.

— Martins! Providencie para não chegar nenhum comunicado à fazenda, certo? Tem notícias se chegou algum telefonema para a residência do pessoal da quadrilha, aí na cidade?

— Sim, infelizmente chegou, temos um grampo no telefone dos traficantes e constatamos a ligação, mas imediatamente vou mandar prender os elementos que estão na casa para que não nos causem problemas. O que acha?

— Isso mesmo, vai lá, prende os caras que estiverem na casa, que estarei embarcando para aí, juntamente com a tenente. Chego amanhã e organizamos um ataque à fazenda, vamos cair de pau em cima dessa gente. Enquanto isso deve chegar a autorização que nossa amiga tenente Cruz solicitou junto ao governo paraguaio para invadirmos a casa do Patrão, e com isso desbaratar essa conexão.

Wallace, no entanto, parecia ter todo tempo do mundo, com toda tranquilidade, agindo até com indolência, totalmente despreocupado, nem sequer de longe imaginava o que estava se passando fora dali. Abasteceu, verificou o óleo do motor, enfim, fez uma rápida revisão, botou seus óculos escuros, dirigiu-se ao Chicão:

— Ô, cara! Vamos embora meu, já está na hora.

Deu partida, o companheiro, apressou o passo, entrou e se acomodou, aferrolhou o cinto de segurança, o Piloto foi soltando o manche devagar, com calma, até chegar à velocidade ideal de subir, demonstrando conhecimento e carinho com a máquina. Foi tranquilamente alcançando a altitude necessária colocou-se na direção almejada para buscar a última remessa daquele primeiro grande negócio, que os colocaria no rol dos grandes traficantes e os deixaria ricos. Assim pensando, alinhou o avião em direção à Colômbia. Iria encerrar essa primeira etapa com um bom avião e muito dinheiro, seria um lucro inesperado para quem queria começar aos poucos. Com isso tinham abandonado até a chácara em Vinhedo, sua criação de cogumelos já era, não deixara ninguém cuidando. Mas por que se preocupar com isso agora? Teria dinheiro suficiente para comprar cogumelos até da China, se desse vontade, e foi cruzando as nuvens sonhando acordado.

Enquanto Wallace voava tranquilo, cortando as nuvens daquele céu límpido, perdido em seus sonhos, Martins cercava a casa da Rua 14 de Julho, com um tremendo aparato, como se fossem abordar uma fortaleza cheia de bandidos perigosos: sirenes tocando, gritos de cerquem a casa, não deixem que fujam. Assim entraram violentamente, arrombando a porta e invadindo a sala, pegando o contador deixando o banheiro com a tolha nas mãos após enxugar o rosto, e J.L. no quarto, se preparando para dar o fora da cidade. Levaram tamanho susto que quase desmaiaram, quando aos gritos o policial, empurrando-os contra a parede, dizia:

— Encostem a cara na parede, vagabundos — e metia as algemas em seus punhos. — A casa caiu, vocês estão ferrados.

Imediatamente passou pela cabeça do contador este pensamento: se não fosse a indolência desse filho da puta, imprudente, "sem dúvidas referia-se a J.L" já estaríamos longe, devia tê-lo deixado só e me mandado quando o Patrão nos ligou. Agora vencidos, humilhados, estavam sendo jogados em um camburão sujo e poderiam amargar um bom tempo de cadeia.

Benê, neste intervalo de tempo, já havia contatado o oficial do exército que conhecera na reunião da CPI e pediu alguns militares para ajudar e, em companhia da tenente Americana, pegaram um helicóptero, cedido pela Polícia Federal, dirigiram-se para Campo Grande. Ao chegarem, foram direto à Delegacia e recebidos por Martins. Foi perguntando.

— E aí, amigão, como foi realizada a operação na residência:

— Já meti os dois que estavam lá na gaiola, vamos ver se arrancamos mais algumas informações. Acabou de chegar o relatório do nosso espião no Mato Grosso. Ele diz que estão bem armados, tem ficado sempre um guarda na estrada que dá acesso à fazenda. Estão em número de dez homens, aproximadamente, portando teremos que ir com cuidado. Nosso amigo pegou inclusive um mapa da fazenda e região com o prefeito, por isso penso que estão completamente sem noção do que está acontecendo. Devem estar bastante confiantes e isto será muito bom para nós, não acha?

— Acho! Mas, por via das dúvidas, pedi ajuda ao Major, que designou um pequeno comando para nos auxiliarem. Vamos com nosso helicóptero e eles irão com outro. Se houver resistência, estaremos preparados.

Assim que o pequeno avião pousou na pista colombiana, o oficial guerrilheiro aproximou-se como sempre e dirigiu-se a Wallace:

— Seu Patrão entrou em contato conosco ontem, me pareceu muito tenso e preocupado. Quer que você entre em contato com ele, penso que seja algum problema. Querem deixar a mercadoria e buscar outra hora, ou carregamos agora? interpelou o oficial guerrilheiro, demonstrando preocupação.

— Não! Vamos carregar, em lugar de voltarmos diretamente para a fazenda, faço uma parada em alguma cidade conhecida no caminho e ligo para ele. Da mesma forma, obrigado — agradeceu o piloto dizendo: Aquele pessoal vive assombrado. Creio que não seja nada sério.

Assim que carregaram o avião, também desta vez sem nenhum problema decolou e do alto ligou através do rádio ao Patrão:

— E aí, chefe, o que está havendo?

— Estamos tendo alguns contratempos e desconfiamos que os homens da lei estão de olho na gente. Liguei a Campo Grande, o telefone chama e não atende. O celular do meu irmão e o do contador estão desligados. Já há alguns dias estou querendo falar com você, ainda bem que ligou estava já enlouquecendo de ansiedade.

— Ô, cara! Você conhece seu irmão, ele é desligado de tudo, me prometeu que ia embora, já deve estar na estrada junto com o contador.

Vou fazer o seguinte... pouso em Cáceres, hoje durmo por lá e retorno amanhã pela manhã. Se notar alguma coisa estranha, dou meia volta e me dirijo aí para o Paraguai. Se não te ligar amanhã é que está tudo bem, tá certo assim?

— Tudo bem. Faça isso! Mas, ouça o que quero que faça imediatamente, chegando lá amanhã, de qualquer forma junta todo o bagulho, bota no caminhão ou no avião o que couber e some de lá. Procura outro lugar e não volta para sua casa em Campo Grande, pode estar sendo vigiada, é melhor que não venham para cá, está bem?

— Sem problemas, entendido. Se você acha melhor assim, vamos nessa, até amanhã e desligo.

Chicão, sentindo uma ponta de preocupação, vendo a palidez estampada no rosto do amigo, perguntou o que se passava.

Wallace explicou em poucas palavras o que estava acontecendo e o relato das preocupações do Patrão, mas pensou e disse ao amigo:

— A treta toda deve ser com o Bugrão, aquele cara é muito violento, mata só para ver o tombo, uma hora o feitiço vira contra o feiticeiro. O pior é que sobra pra quem não tem nada a ver com a coisa, estou com medo de nos envolverem nesta enrascada e acabarem atrapalhando o nosso negócio.

O Bugrão, mesmo com o pedido do Patrão de não sair atrás do policial, insistia em procurá-lo. Aproximou-se do Patrão, dizendo que iria à cidade resolver de vez o problema.

— Não, Pedro! O sujeito não está mais na cidade, me informaram que viajou, não sabem para onde, e na Delegacia também não está. Falei com Wallace hoje e me disse que vai pousar em Cáceres por medida de segurança. Chegará só amanhã à fazenda e já providenciará a retirada de nossa mercadoria. O que está me preocupando é meu irmão e o contador. Só espero que não tenham caído nas mãos dos Federais.

— Patrão! O que me deixa louco é ficar aqui parado, sem poder fazer nada, sem saber o que se passa lá fora, estou sufocando.

— Calma, Bugrão... Aqui estamos em segurança — não pareceu estar tão seguro ao dizer isso, coçou a cabeça desgrenhando levemente os cabelos, e como se estivesse pensando alto questionou: Essa agora! Aonde será que foi esse tira, será que está aprontando alguma?

Ainda estava escuro, só a lua ainda clareava tênue a densa floresta. Os dois helicópteros desceram em uma fazenda vizinha já com tudo preparado e organizado para invadirem a fazenda do prefeito. Ainda naquela manhã, alguns homens já estavam nas imediações da fazenda aguardando ordens, um deles aproximou-se o mais que pode do sujeito que montava guarda fez sinal ao companheiro de que o vigia estava dormindo, o outro aproximou-se e disse sussurrando:

— Que belo vigia! Vamos pegá-lo? Aproximaram-se sem fazer barulho, taparam-lhe a boca enquanto o outro apontava a arma:

— Se der um pio, leva uma bala nos cornos. Fica bem quietinho. Algeme o homem, cabo, e leva para o acampamento. Antes pergunta a ele como está lá dentro, se falta algum elemento, faz o cara falar.

— Ei! tenente? O cara disse que o Piloto e mais um companheiro levantaram voo ontem e não chegaram até agora. Era pra ter chegado ontem. Vamos atacar assim mesmo ou esperamos?

— Vamos esperar, de qualquer forma teremos de esperar o pessoal da Federal chegar, eles é que estão no comando desta operação. Vamos cercar a propriedade, atacaremos ao meu sinal.

Wallace só percebeu a movimentação quando já taxiava o aparelho para estacionar. Ouviu-se um grito e foram disparados vários tiros:

— O que está acontecendo?

— É a polícia, cara! alertou Chicão. Liga essa coisa, vamos dar o fora, rápido! Estamos sendo atacados.

Dois policiais federais pararam defronte ao aparelho, surgiram como por encanto, vestidos com roupas camufladas, como se tivessem vindo para uma guerra, apontando as armas em direção as suas cabeças, gritando:

— Parem essa coisa. Enquanto isso os soldados do exército invadiam a fazenda, atirando e gritando. Alguns homens recuaram apressados para dentro da casa, quebraram as vidraças e se defendiam como podiam, chegando a atingir alguns soldados, despertando muito mais violência. Um soldado colocou a bazuca no ombro e acionou o gatilho, indo colocar de forma certeira o projétil dentro da casa, atravessando a janela, estilhaçando a vidraça. Alguns tentaram saltar para fora, mas foi em vão: a casa explodiu com tudo e todos que estavam dentro, dando início a um incêndio de proporções incalculáveis. Havia lá tambores de combustíveis e farto material inflamável. Quem estava fora podia sentir aquele cheiro de pólvora e carne queimada. Wallace ficou paralisado, com as duas mãos no manche do avião, os olhos vidrados, o pavor estampado no rosto. Permaneceu mudo, olhando aquilo como se fosse um filme a que estivesse assistindo, sem acreditar no que via boquiaberto, estático, será um pesadelo? Um dos Federais que estavam à frente do aparelho ainda gritou:

— Desçam com as mãos para cima, bem devagar. Chicão balançou seu ombro como que querendo despertá-lo daquele estupor momentâneo e gritou dizendo:

— O que está esperando, homem? Levante esta coisa, vamos embora! Teve um sobressalto, como se tivesse levado um susto, olhou com os olhos esbugalhados em direção ao Chicão sem conseguir esboçar nenhuma reação. Ligou o avião como que movido por controle remoto, sem perceber o que fazia. E, ao tentar contornar o aparelho de volta para a pista, levaram uma rajada de metralhadora de um helicóptero que vinha por trás, incendiando a parte traseira e uma das asas, impossibilitando-o de sair do lugar. Sentiu uma dor aguda na clavícula, levou a mão ao ombro, percebeu aquela coisa liquida viscosa e quente escorrendo por entre os dedos da mão. Virou-se para o companheiro, olhando para a mão toda ensanguentada, disse com voz engasgada, trepidante, rouca, com uma feição carregada de dor:

— Fui ferido, cara! — mas não obtive resposta. Chicão, estava com a cabeça caída ao lado do ombro com um risco de sangue saindo pelo canto da boca e parte do crânio arrancada por um projétil. Sentindo enorme mal estar, uma terrível ânsia de vômito, tentou raciocinar, queria fazer alguma coisa, mas só conseguia se segurar para não desmaiar. Aquela dor aguda, profunda e agora uma sede que lhe ressecava a boca, a garganta não conseguia articular nenhuma palavra, nada. A última coisa que ouviu antes de desmaiar foi o policial gritando: apaga este fogo, antes que o avião exploda, não atirem mais, esses dois já eram.

Outro grupo de soldados e policiais federais cercaram o barracão, e como não sentiram reação, empurraram a porta com cuidado: sentado sobre algumas sacas de café, Maurício, tão pálido que mais parecia uma estátua de cera, permanecia estático; em um outro canto, o Prefeito, sentado ao chão, recostado à parede de tábuas com a boca semi-aberta sem conseguir se mover ou dizer nenhuma palavra; e seu sobrinho deitado no chão de bruços, com as mãos sobre a cabeça, chorando compulsivamente. Benê e a Tenente Americana entram e dirigiram-se ao Maurício:

— Onde esconderam o bagulho, cara?

Após grande esforço, tentando articular as palavras, com uma expressão apalermada, gaguejando nervosamente, conseguiu falar:

— Bem debaixo, estou sentado sobre ele.

Ele empurrou com desprezo e certa violência aquele indivíduo trêmulo. Rasgaram as sacas de café que, ao vazar dos sacos, ia mostrando pacotes e mais pacotes de cocaína, que deixaram a tenente e todos ali presentes, extremamente impressionados. Era tanta cocaína que jamais poderiam imaginar. Com uma feição incrédula, um ar patético, levou as mãos frente a boca em sinal de evidente espanto, conseguiu dizer:

— Meu Deus! Tudo isto ia ser mandado para meu País, como? Movendo a cabeça de forma negativa, olhando para um e outro.

A resposta do agente que se aproximava ainda aumentou mais sua indignação.

— Tem mais um bocado de pacotes no avião, Tenente. Não é possível nem avaliar quanto ganhariam com tudo isso. Se não tiver uma tonelada, falta pouco, respondendo sua indagação, isto seria exportado por navio como café. E acredite, lá, estaria algum conterrâneo seu esperando para fazer a distribuição.

Ao saírem algemados do barracão, o prefeito olhou aquele estrago todo, sua fazenda mais parecia um campo de batalha. Voltou-se para o Benê, dizendo.

— Vocês acabaram com minha fazenda, explodiram minha casa, —com a voz engasgada chorosa e as pernas trêmulas, como que sem entender o que tinha acontecido, sentia-se como em um pesadelo. — Meu Deus o que está acontecendo comigo?

— Quantas famílias e quantos jovens não seriam destruídos com esta cocaína, prefeito? Acho até pouco o que aconteceu, o pior está por vir: serão vários anos de cadeia, a humilhação por que vai passar e que também sua família vai ter que amargar. Vou cuidar disso pessoalmente, pode crer.

Enquanto falava ao prefeito, o oficial do exército aproximou-se do Benê:

— Nossa missão está cumprida senhor. Nosso médico está atendendo o piloto que sobreviveu. Assim que terminar, deixaremos ao seu cuidado e vamos embora.

— Obrigado pelo apoio, major, cuidaremos do resto.

Foram todos levados para Cuiabá, onde seria feito o indiciamento, e seriam entregues à tutela do poder judiciário. os corpos dos mortos ou o que sobrou deles foram encaminhados para o IML., deixando para ser finalizados os procedimentos pelas autoridades competentes. Benê e seus colegas voltaram imediatamente para Campo Grande, onde pretendiam descansar um pouco, se refazerem e entabular uma estratégia para a próxima batalha. Este foi somente o primeiro passo para desbaratar a quadrilha, o principal ainda estava longe e Benê tinha isso fixo na cabeça, iria até o fim, a qualquer custo.

No dia seguinte já estavam todos reunidos na Delegacia Federal de Campo Grande, discutindo uma maneira de se aproximarem e prenderem o Patrão e o Bugrão. Não poderiam deixar impune o principal Chefão do tráfico e seu braço direito e matador oficial da organização. Se pedissem a extradição, seria uma batalha judicial inútil, o homem tinha cidadania paraguaia e muito dinheiro, estas pendengas levaria séculos, dando a eles tempo de desaparecerem no mundo. A polícia brasileira não tinha como entrar sem autorização do governo paraguaio, seria uma violação à soberania Paraguaia, estavam enfrentando um impasse e foi aí que entrou a Tenente interferindo mais uma vez.

— Bem, pessoal, os Estados Unidos têm um tratado de cooperação com o Paraguai. Estamos financiando e treinando um grupo de militares paraguaios que demonstram estarem muito interessados em entrarem em ação e provarem que estão aptos a lutar, Convenço o oficial que os está treinando, pedimos autorização ao General Paraguaio, como se fôssemos fazer um exercício naquela região. Atacamos a fazenda do Patrão, e se possível sequestramos o homem e o trazemos para o lado brasileiro, que acham?

— Excelente... — respondeu o Benê, com uma certa euforia, mas quero participar!

— Certo! Vai como meu convidado para assistir ao exercício e participa das atividades.

— Não vejo a hora, não temos muito tempo a perder. Voltaremos agora mesmo para a fronteira, devolvemos o helicóptero e você, tenente, procura o tal oficial. Precisamos agir antes que o Patrão saiba o que aconteceu com seus comparsas, não podemos dar a eles oportunidade de fugir, sem dizer que tem minha garota que está presa naquela fazenda. Deve estar apavorada e correndo sérios risco de vida.

A tenente precisou de dois dias para resolver tudo com seu pessoal. Benê estava impaciente na Delegacia de Ponta Porã, andava de um lado para outro, sentia seu estômago azedo e na boca aquele gosto ácido, de tanto café que já tomara esperando um sinal do tenente. Dois dias que pareciam eternos, como se estivesse a dois anos. Aquela ansiedade quebrou-se quando tocou o telefone e o delegado chamou-o:

— Benê, é para você o Telefone.

— Tenente! Pelo amor de Deus, me diz alguma coisa, quer me matar de ansiedade?

— Tudo certo, Benê, consegui um pequeno grupo selecionado pelo oficial de treinamento, os melhores do grupo. Reunimo-nos amanhã logo cedo nas imediações da fazenda. Vamos procurar não despertar desconfiança, para não os assustar. Tenho doze homens, dois helicópteros e bom armamento. Te espero do lado de cá da fronteira, às cinco horas da manhã, está bem?

— Não vou me atrasar, posso levar mais alguém?

— Não! Ninguém, você já está vindo sem autorização. Vai entrar na operação disfarçado, vou arriscar meu pescoço e terei de arrumar uma boa desculpa aos meus superiores depois dessa. Mas isto é para depois, te encontro amanhã.

— Perfeito, estarei lá.

— Solano! Disse Benê ao delegado, enquanto desligava o telefone. Vou me preparar. Amanhã, se Deus quiser, encerramos minha missão aqui, e cumpro minha promessa a meus tios: prendo ou acabo com o Bugrão e o seu chefe.

O comandante juntou todos os elementos escolhidos para a tarefa, assim que chegaram o policial brasileiro e a tenente americana. foi dizendo:

— Senhores; essa não vai ser uma missão de treinamento. A tenente vai explicar a todos o motivo e o objetivo: aqueles que acharem que não devem participar estão dispensados, quem ficar terá que lutar.

A tenente explicou a todos, buscando sensibilizar aqueles homens rudes, soldados determinados, com muitos detalhes, todas as atrocidades cometidas por aquela gente, o mal que eles representavam ao povo Paraguaio e ao mundo todo, pois mandavam drogas tanto para os países vizinhos como para os mais distantes. Enriqueciam-se muito facilmente enquanto levavam milhares de pessoas à miséria e à degradação. Motivou a todos de maneira eficiente com um discurso inflamado. Terminada a explanação, olhou firmemente o grupo, olhou dentro dos olhos de cada um daqueles soldados e perguntou:

— E aí, estão dispostos a lutar do nosso lado e acabar com esses bandidos? Ou acham melhor deixá-los ilesos e cada vez mais fortes para acabar com vocês e suas famílias?

A afirmativa foi geral, todos deram um passo à frente, confirmando suas intenções de lutar. Então o comandante paraguaio, que já estava ciente de que a missão não era oficial, tudo estava sendo feito na surdina, antecipou-se e disse:

— Senhores, é minha obrigação, e tenho que comunicá-los que essa missão não é oficial, estamos por nossa própria conta e risco. Vamos atacar em duas frentes: um grupo irá sob meu comando pela frente, outro pelos fundos com o sargento. A tenente e o delegado brasileiro procuram entrar na casa, porque existem prisioneiros. Se houver resistência, já sabem: atirem para matar, que se eles puderem não nos darão chance.

Benê tinha gravado bem todos os detalhes da fazenda, facilitando assim a montagem da estratégia de ataque, dando todas as coordenadas.

Ao sinal do tenente, já em plena ação de ataque, um homem aproximou-se silenciosa e sorrateiramente do portão, fez barulho para despertar a atenção do guarda, enquanto outro vinha por trás. Quando a sentinela se levantou do local em que estava sentado junto a uma árvore, parecia estar cochilando, e foi verificar o que causara o barulho, ainda um tanto entorpecido de sono, indolentemente abriu o enorme portão. Ao perceber a armadilha, já era tarde. Engatilhou a arma, mas não houve tempo, levou uma forte pancada na cabeça, caindo, e foi arrastado para um lugar escondido, facilitando desta forma a entrada do grupo de militares. O outro grupo, em número de seis elementos, veio pelos fundos da fazenda e foi se aproximando cuidadosamente, arrastando-se pelo campo ainda úmido de orvalhos, sem se deparar com nenhum obstáculo até chegarem bem perto. Só quando estavam a uma distância bastante razoável é que notaram que havia alguns guardas em cima da casa. Bastante desatentos havia mais dois nos estábulos, sempre em grupo, mais dois homens conversando na entrada da mansão, trocando cigarros ou coisa parecida. Os soldados ficaram aguardando um sinal do comandante da operação, que, por sua vez, esperava a aproximação do pelotão que vinha pela frente. Já era possível ouvir o som de vozes vindo da casa, de tão perto que já estavam. Até ali tudo estava indo bem, sem nenhuma reação. Benê virou-se para o sargento que estava no comando e disse:

— Vou pelo jardim lateral, tentarei entrar na casa grande e procuro libertar a prisioneira. Aí vocês atacam. Me deem cobertura.

— É muito perigoso — retrucou a tenente —, eu vou com você.

Mas não houve tempo de resposta ou justificação: um dos guardas do telhado, ao notar a movimentação, gritou e atirou ao mesmo tempo. Todos se colocaram em posição: os soldados de ataque e os traficantes de defesa. E foi aquele tiroteio infernal: os primeiros a tombarem foram os guardas do telhado, estavam mais desprotegidos que, ao sentirem os impactos das balas, rolaram soleira abaixo, vindo seus corpos a estatelar na varanda de cima do sobrado. O Patrão ainda estava deitado, levantou-se às pressas sem nem trocar de roupa, abriu a porta do quarto, deu de frente com o Bugrão:

— Estamos sendo atacados, Patrão, são muitos e estão bem armados.

— Quem são os agressores, Pedro?

— Não sei, Patrão, mas acho melhor o senhor fugir. Seja quem for, não deve estar com boas intenções. Vamos tentar segurá-los enquanto o senhor corre para o avião.

— Tudo bem! Voltou ao quarto às pressas, visivelmente transtornado, nunca se imaginara numa situação destas, às portas do desespero: não sabia o que pegava primeiro, ficou por momentos meio baratinado. Juntou uma maleta, abriu o cofre camuflado no quarto, no fundo do armário embutido, pegou todo dinheiro e joias, encheu a maleta, desceu as escadas quase correndo, usando dois degraus de cada vez, saiu pela lateral da casa, tentando alcançar o pequeno hangar onde tinha um aparelho pronto para fugir. Porém, algo inesperado aconteceu: ao sair para o jardim e correr em direção a pista, um de seus próprios homens gritou:

— O Patrão está fugindo! Desgraçado quer nos abandonar, e deu uma rajada de metralhadora nas costas do próprio chefe. Com os impactos, iniciou uma espécie de dança macabra, ainda conseguiu avançar mais alguns metros como que impulsionado pelos tiros, foi caindo lentamente. Ajoelhou-se sem soltar a mala de dinheiro, trazendo-a junto ao peito num último esforço de continuar vivo e rico, como se aquilo fosse mais precioso que a própria vida. Ninguém iria tomar dele seu precioso dinheiro, lutou muito para consegui-lo, quantas pessoas tiveram que matar. Foi tombando em câmara lenta, para a frente, não conseguia acreditar que estava morrendo daquela maneira, não ele, o Patrão! Sua vista foi-se turvando ficando embaralhada e acabou caindo com o rosto no chão e o dinheiro ainda preso entre os braços. Seu sangue cobriu toda a maleta de vermelho. O Bugrão ficou olhando do alto da sacada, incrédulo, tudo aquilo que se passava, parado, imóvel sem poder crer no que seus olhos viam. Não sabia se corria para socorrer seu chefe, ou se matava quem atirou nele, permanecendo estático, com o olhar perdido ao longe. Teve um sobressalto ao ouvir um barulho de tiro e um som surdo de um corpo caindo de encontro ao chão de madeira. Correu na direção do barulho de forma automática, viu quando Benê arrombou a porta do quarto onde estava a moça prisioneira. Ao sentir-se livre, ela correu aos braços do amado, sem ter tido tempo de completar o que ia dizer. O Bugrão se aproximou com sua famosa pistola automática nas mãos, apontando para o policial, dizendo:

— Agora chegou sua vez, seu tira imundo, finalmente nos encontramos: deveria ter feito isso há muito tempo quando tive oportunidade, e não fiz porque o Patrão não permitiu. Agora estamos eu e você.

Meire afastou-se apavorada, conhecendo como conhecia aquele assassino frio e cruel, recuou tropeçando no corpo do pistoleiro morto ali no chão, caindo ao seu lado com o horror estampado no rosto, o desespero de ver seu namorado à mercê daquele criminoso. Apanhou o revólver do bandido morto, sem que nenhum dos contendores percebesse, no exato momento em que o Bugrão ergueu um pouco mais sua arma em direção à cabeça do policial e dizia:

— Agora, meu caro, realmente chegou a sua vez.

Soou por toda casa, um estampido seco, seguido de mais um e mais outro. Bugrão empalideceu-se, esbugalhou os olhos incrédulos, seus braços pareciam pesar toneladas, três riscos vermelhos desciam pelo tecido branco de sua camisa. Só se pôde ouvi-lo balbuciar como que sussurrando:

— Sua vagabunda, me acertou. Caiu pesadamente como um tronco podre.

Benê, ainda sentindo uma leve vertigem, como se a pressão arterial houvera baixado e subido de uma só vez, ajudou a moça a se levantar dizendo:

— Obrigado, salvou-me a vida, ótimo reflexo.

— E eu que detesto violência — respondeu automaticamente, com um sorriso enigmático estampado na face, e foram saindo abraçados como que se apoiando um ao outro. Desceram as escadas daquela casa linda, toda decorada com esmerado bom gosto. Agora havia sangue e corpos tombados por todo lado, um quadro macabro decorando o ambiente fúnebre, uma pintura horrível quebrando a harmonia e a suavidade da aquarela de fundo. Foram saindo da casa, ainda se ouviam alguns estampidos, pessoas correndo, gritos distantes. Deixaram a casa e ao se aproximarem do tenente e do oficial paraguaio que se encontrava abaixado ao lado do corpo do Patrão. Virou-o mostrando seu rosto frio, estampada uma expressão de decepção, amargura. Disse num tom solene num sotaque castelhano:

— Não parece que morreu muito satisfeito nosso poderoso inimigo, hem chefe?

É! Parece que não. Vou deixar essa bomba nas suas mãos, meus amigos, esse sujeito ainda vão causar muitos dissabores, mesmo após a morte. Comecem a pensar o que vão dizer aos seus superiores.

— Fizemos o que tinha que ser feito — respondeu a Tenente.

— Agora vou levá-los de volta, não quero que te encontrem aqui, Benê.

Disse com um leve toque de ciúmes e inveja daquele casal que se juntou na adversidade, com a voz embargada, apesar de jamais ter demonstrado qualquer sentimento pelo recente amigo brasileiro.

Enquanto se afastavam devagar, o oficial paraguaio gritou:

— Tenente? Acho que teremos que cortar os braços do homem para arrancar a pasta de dinheiro. Nunca vi tanto apego, nem morto o danado quer largar seu tesouro. Os três esboçaram um sorriso triste e continuaram sem dar resposta.

# NOTA DO AUTOR

De acordo com as últimas informações que obtive, é de que o piloto Wallace, após inúmeras batalhas jurídicas, advogando em causa própria, conseguiu o benefício de progressão de regime, mudando sua sentença de integralmente fechado para inicialmente fechado, transformando de crime hediondo para crime comum. Cumpriu somente 1/6 da pena fechado na Penitenciária de Segurança Máxima de Campo Grande, e agora está cumprindo o restante da sentença em regime semiaberto, na Penitenciária Agrícola.

Quanto a J.L., a notícia mais recente é que conseguiu evadir-se, juntamente com mais onze detentos, através de um túnel, que passou por baixo do pátio vários metros e ainda por baixo da grossa muralha de proteção do presídio, indo sair em um terreno vago ao lado. Ainda não nos foi dado saber quanto foi o valor, pago e tampouco quem pagou a espetacular escapada do chamado presídio de segurança máxima.